Philipp Mosetter
Die Einladung

Ein Protokoll

editionfaust

1. Auflage 2016

www.editionfaust.de

Druck: druckhaus köthen GmbH & Co. KG
Printed in Germany
ISBN 978-3-945400-29-6

Die Einladung

Prolog

Um hier eines gleich einmal vorweg klarzustellen: Es war anders. Es war ganz und gar anders. Angefangen hat alles mit einer Harmlosigkeit, mit einer Kleinigkeit, einer Schlampigkeit. Im Frühsommer. Da war mein Geburtstag noch weit weg, und Magda und ich haben einen Ausflug mit Freunden unternommen. Und im Übermut der guten Stimmung habe ich mich mal wieder hinreißen lassen. Jetzt sitze ich da und denke mir: Das hast du nun davon. Was musst du auch immer betonen, dass du deinen Geburtstag noch nie gefeiert hast. Noch nie! Wer mit solchen Äußerungen hantiert, muss sich nicht wundern. Noch nie! Das ist natürlich eine Provokation. Da muss ich mich, wie gesagt, nicht wundern. Obwohl man die Umstände dazu berücksichtigen muss.

Ausflug, Freunde, ein Spaziergang, anschließend irgendwo etwas essen, so was halt. Dazu der Frühsommer. Da kommt dann eins zum andern, die landschaftlich reizvolle Gegend, das beliebte Ausflugsziel, übrigens ein weit über die Grenzen hinaus bekanntes architektonisches Kleinod, da kann man sich dann schon mal hinreißen lassen. Bis dahin ein gelungener Ausflug, dann der Abschluss in dem bei Kennern beliebten Ausflugsziel. Natürlich sind auch Magda und ich Kenner, wie auch Arnold und Anna. Arnold und Anna sind sogar in besonderem Maße Kenner. Und so saßen also wir Kenner unter all den anderen Kennern und jenen, die diesen Ort von Kennern empfohlen bekommen haben. Dort kam es dann zu einem an sich harmlosen Wortwechsel der nicht weniger als mein Schicksal besiegeln sollte:

– Die haben hier noch original erhaltene Zimmer, kann man mieten.

– Da könnten wir doch mal deinen Geburtstag feiern.

– Ich habe meinen Geburtstag noch nie gefeiert.

Da war es wieder. Dieses »noch nie«. Eine kleine unscheinbare Marotte, mehr nicht. Ein Spleen. Aber ich mochte sie, diese kleine Marotte, das muss ich zugeben. Jahrelang hat man sie nicht weiter ernst genommen, zumeist einfach überhört, heute wurde sie plötzlich gehört. Ich hätte ja auch schon mal früher darauf kommen können, dass mein »noch nie meinen Geburtstag gefeiert« zu haben, unweigerlich allen, die zuweilen oder für gewöhnlich eben ihren Geburtstag feiern, als mehr oder weniger deutliche Diffamierung erscheinen muss. Ich vermute mal, dass diese Marotte einfach noch aus der Pubertät übrig geblieben ist. Damals, als das noch schwierig war mit den Freunden, als man noch fürchten musste, am Ende alleine mit der Pickligen von nebenan oder, noch schlimmer, mit der Hübschen aus der Klasse drüber dazusitzen. Ich habe daher lieber erst gar keine Einladung versucht und stattdessen das Nichteinladen als Status ausgebaut. Sozusagen als der, der seinen Geburtstag nicht feiert. Ich vermute, dass so die Marotte ihren Anfang genommen hat, erinnern kann ich mich nicht mehr. Ein Überbleibsel aus der Pubertät wahrscheinlich. Überhaupt können so Überbleibsel aus frühen oder sogar sehr frühen Tagen ja leicht einmal in unbeobachteten Momenten ungeahnte Wirkung entfalten. Wie eben im Frühsommer, als es wieder einmal zu diesem »noch nie« gekommen ist. Wie auch immer, damit war für meine Freunde die Sache ausgemacht. Ich werde also eine Einladung zu meinem Geburtstag veranstalten müssen. Es liegt nun mal im Wesen der Harmlosigkeiten, dass sie gerne ungeahnte Folgen haben.

Der Tag

Jetzt sitze ich, an einem Samstag, schon um acht Uhr früh in einem Kaffeehaus und löse das Rätsel in der Zeitung. Ich bin früh dran. Den Mietwagen kann ich erst in einer halben Stunde abholen. Den Mietwagen brauche ich, um einen Teil der Eingeladenen vom Flughafen abzuholen. Die anderen kommen mit dem eigenen Auto. So weit ist es gekommen.

Ich hatte ja noch versucht, dem Unausweichlichen auszuweichen. Hat aber nichts genützt. Je wilder meine Fluchtversuche, umso enger zog sich die Schlinge zu. Und irgendwann war es dann so weit, dann mussten Überlegungen angestellt werden. So was macht man nicht aus dem Stegreif, zumal nicht, wenn man noch nie dergleichen gemacht hat. Jetzt sitze ich also da und mache mir Sorgen. Auf die Überlegungen folgen ja immer die Sorgen. Ob beispielsweise die Überlegungen die richtigen waren, ob alles so funktionieren wird wie überlegt. Ich habe ja keinerlei Erfahrung als Gastgeber. Als Gast schon. Eingeladen war ich schon oft, hatte aber, wie gesagt, selbst noch nie eingeladen. Ich war immer lieber Gast, muss ich zugeben. Jetzt muss ich als Gastgeber einige meiner Gäste vom Flughafen abholen. So kommt es, dass ich hier sitze, darauf warte, den Mietwagen abholen zu können, der ist für 8.30 Uhr gebucht, und dabei das Rätsel in der Zeitung löse. So fängt also jener Tag an, der eigentlich schon im Frühjahr bei diesem Ausflug in jene schöne Gegend begonnen hat. Noch eigentlicher soll der Tag sogar noch vor dem Ausflug in die schöne Gegend begonnen haben, was ich aber erst im Laufe des Tages erfahren sollte. Zur Stunde habe ich noch keine Ahnung, dass der Anfang schon weit vor dem Anfang gelegen hat. Jedenfalls vor jenem Anfang, den ich als solchen wahrgenommen habe. Der Tag, das kann man sagen, hat ordentlich Anlauf genommen.

Letztlich lässt sich ein Anfang ohnehin schwer dingfest machen. Am Ende jedenfalls stehen immer alle da und fragen sich, wann hat es begonnen, dass es zu Ende ging? Wo war der Anfang von diesem Ende?

Flughafen, zehn nach neun. Es ist mir in dem Moment gar nicht so richtig aufgefallen, obwohl es schon ziemlich auffällig war. Wie meine Gäste, also die, die ich gerade vom Flughafen abhole, wie die, zwar gemeinsam, aber doch in einer Reihenfolge, aus der großen Schiebetür kommen. Judith vorneweg, dahinter die aufgeregte Rita, dann Konrad mit dem Blick fürs Ganze, Helene und Sam noch ins Gespräch vertieft und schließlich Frieder mit etwas Abstand (kein Mensch weiß, warum Frieder Frieder heißt, sein bürgerlicher Name ist ein ganz anderer, aber das tut hier nichts zur Sache, es nennen ihn ohnehin alle nur Frieder). An dieser Schiebetür wird der Reisende zum Ankommenden. Bis hinter der Tür ist der Reisende eingehüllt in seine Vorstellung vom Reisen und von der Reise. Er ist behütet von dem klaren Wissen, dass er soeben auf Reisen ist. Ein Reisender kann sich in seinen Planungen gut aufgehoben fühlen, weiß jedenfalls immer genau, wo er sich beschweren muss, das bietet Sicherheit. Alles entspricht oder widerspricht den eigenen Plänen. Eine Welt für sich. Und dann tritt der Reisende durch diese Schiebetür und ist unvermittelt den Wartenden schutzlos ausgeliefert. Ausgeliefert, anders kann man es nicht sagen. Wie die Raubtiere warten sie an der Absperrung auf den nächsten Schub Ankommender, und dann wird ihm, dem Reisenden, mit bohrenden Fragen, haltlosen Erwartungen und allerlei sonstigen Szenarien die ganze schöne Reise entrissen, und er ist zum Ankommenden geworden. Das ist mir in dem Moment gar nicht so aufgefallen, wie ich da unter all den anderen Wartenden auf und ab geschlichen bin, gelauert habe, bis in jede Faser gespannt, jederzeit zum Sprung auf meine Ankommenden, auf meine Erwarteten bereit ... Das ist mir so in dem Moment nicht aufgefallen.

Wie sie dastehen. Die Wartenden. Alle starren in die gleiche Richtung, erwartungsvoll, manche ängstlich, etwas weiter hinten, an die Säule gelehnt, ein eigentlich schon viel zu alter Mann für diese Art Kinderspielzeug, die er da unterm Arm trägt, ein riesiges Plastikteil in Rot, Gelb und Grün, Kinder lieben diese Farben, sagen die Psychologen. Dahinter die Männer mit den Namensschildern, die professionellen Abholer, und von sehr unterschiedlicher Professionalität, vorne, an der Absperrung, eine junge Frau mit einer Rose in der ungeduldig wartenden Hand, alle starren in die gleiche Richtung, auf die Schiebetür, die sich immer so verheißungsvoll geräuscharm öffnet, wenn eine neue Flugzeugladung ihr Gepäck abgeholt und den stets unbesetzten Zoll passiert hat. In einer kleinen Pause, in der die Schiebetür ruhig und geschlossen bleibt, fällt irgendwo mit einem ziemlichen Knall eine Bierflasche zu Boden und zerplatzt. Wir Wartenden lassen uns nicht von unserem Warten abhalten. Obwohl der Knall, ein ziemlich spezifischer Knall, in Zeiten wie diesen, in einer von Menschen wimmelnden Flughafenhalle, einen ziemlichen Aufruhr, wenn nicht gar Panik hätte auslösen müssen. Aber nichts geschieht, wir Wartenden warteten weiter, und das Sicherheitspersonal lässt auf sich warten. Unterdessen liegen die Glasscherben auf dem Boden, der Verursacher ist längst seiner Wege gezogen, manch einer stolpert hinein, aber nichts geschieht. So ein Flughafen ist heute eben doch nur mehr eine Art Supermarkt, mehr nicht. Da passiert so etwas ständig. Beängstigend, dass nicht sofort Sicherheitspersonal in die Szene gestürmt kommt, der Knall war immerhin alarmierend, hätte alarmierend sein können, alarmierend sein müssen. Allerdings ist es auch beruhigend, dass es noch eine Normalität gibt. Wären sofort Sicherheitsbeamte zur Stelle gewesen, um dem Versucher zu Leibe zu rücken, das wäre doch sehr beängstigend gewesen, aber auch beruhigend.

Judith vorneweg. Aus ihrem Windschatten stürmt Rita auf mich zu, wie immer ein bisschen übersprudelnd, versorgt mich mit den neuesten Neuigkeiten, Konrad behält noch für ein Weilchen den Überblick, Frieder hantiert mit zwei Koffern, seinem eigenen und dem von Rita. Würde Rita ihren eigenen Koffer bewegen müssen, sie hätte nie so überschwänglich auf mich zustürzen können. Obwohl, man weiß es nicht. Und ohne darauf zu warten, bis Rita ihr Füllhorn von Neuigkeiten vollständig ausgeschüttet hat, was übrigens auch wenig sinnvoll wäre, schiebt sich Sam auf mich zu und konfrontiert mich gleich mit der ganzen Tatsache des heutigen Tages und des Anlasses: »Na? Wie fühlt man sich denn so?« Ihm muss ich diese Frage erlauben, er meint es aufmunternd. Auch wenn es derzeit ein bisschen in Mode gekommen ist, immerzu die positiven Seiten sehen zu wollen, was ja stets den Blick trübt, muss ich ihm doch eine solche Aufmunterung gestatten. Es ist nämlich noch nicht lange her, da hat es gar nicht so ausgesehen, als würde Sam heute dabei sein. Da hat es eher danach ausgesehen, als würde Sam überhaupt nirgendwo mehr dabei sein. So jedenfalls konnte man noch vor wenigen Monaten die Erklärungen der Ärzte interpretieren. Von daher ist ihm so eine Frage erlaubt. Ansonsten ist so ein Tag natürlich keine Frage des Gefühls, also nicht der Moment zählt, sondern die Zusammenfassung. Sozusagen ein Tag der Bilanzen. Helene versucht unterdessen ihr Handy wieder aus dem Flugmodus zu bringen. Das hier ist also gewissermaßen die Delegation aus meiner Vergangenheit. Ziemlich viel Gepäck für zwei Tage.

Der Mietwagen erweist sich als eng, sehr eng. Obwohl es ein ausgewiesener Siebensitzer ist. Das liegt an den Koffern. Es erfordert schon einiges Geschick, und alle beteiligen sich rege, ebendieses aufzubringen. Immerhin will das ganze Gepäck und dazu noch sieben Menschen in dem Siebensitzer untergebracht werden. Alle möglichen Vorschläge werden unterbreitet, Versuche gestartet, »lass mich mal«, Alternativen entworfen, letztendlich gelingt es dann aber doch. Gut, dass Magda nicht mitgekommen ist zum Flughafen. Da hätte man dann zwei Menschen aufeinandersetzen müssen, ist nicht ganz Magdas Sache. Außerdem hätte man damit auch, weil es ja dann acht Menschen gewesen wären, die Zulässigkeit des Mietwagens überschritten und gegen die Straßenverkehrsordnung wie auch gegen die Versicherungsbestimmungen des Mietwagens verstoßen. Und wenn dann was passiert, das würde keine Versicherung übernehmen, und, so ihr Argument, sie habe keine Lust, bis an ihr Lebensende bezahlen zu müssen, da der Mietwagen ja auf ihren Namen gemietet ist, mir fehlt für so was die richtige Karte. Im Grunde ein recht gutes Argument, wenn auch ein bisschen spekulativ. Deshalb wartet Magda jetzt in der Stadt, bis ich mit der Delegation aus meiner Vergangenheit eintreffe.

Ganz allein sitzt Magda in dem verabredeten Café und wartet. Das Café gehört zu einer Sehenswürdigkeit. An sich ein guter Plan, sich hier mit Freunden aus der Fremde zu verabreden. Dummerweise hat die Sehenswürdigkeit außerplanmäßig geschlossen. Das Café hingegen nicht. Ohne Sehenswürdigkeit keine Besucher. Eigentlich ein guter Plan, aber trotzdem eine schlechte Idee. Niemand hier, keine anderen Gäste, selbst ein Servicepersonal ist weit und breit nicht zu sehen. Ihrem Ausdruck nach wartet sie hier schon ein ziemliches Weilchen ganz alleine vor sich hin. Magda ist übrigens jene, der ich von Zeit zu Zeit vorwerfe, mein Leben ruiniert zu haben. Sie hingegen bezeichnet mich schon auch mal als depressives Nichts, nur damit unsere Beziehungsverhältnisse klar sind. Das ist übrigens so gekommen: Eines Morgens vor vielen Jahren bin ich aufgewacht und lag in einem Bett, in dem ich damals noch zu Gast war, Magda neben mir. Ich spürte, ich sollte jetzt etwas sagen. Sie schlummerte in die Morgendämmerung hinein, träumte vielleicht noch die letzten ausgefransten Absurditäten eines Traumes, auf ihrem Gesicht war der Tag noch überhaupt nicht angekommen, und ich spürte, ich sollte jetzt etwas sagen, irgendetwas. So lag sie da. Und dann flüsterte ich ihr ganz leise ins Ohr, so leise, dass sie es kaum hören konnte: »Du bist's.« Das war alles. Danach bin ich aus der Sache nicht mehr rausgekommen. Nun, das ist in dem Sinne nichts Besonderes, das geht allen mehr oder weniger so ähnlich, macht es aber im Einzelfall nicht einfacher.

Jetzt sitzt sie hier und wartet. Was im Grunde auch ganz allgemein zu verstehen ist. Alle warten nach diesen zwei oder drei Worten, die in einem bestimmten Moment unbedingt gesagt werden mussten. Ob sie nun gehört werden oder nicht, sie wurden gesagt! Und danach folgt das Warten. Auf unbestimmte Zeit – und nicht weniger unbestimmte Erfüllung.

Auf der Fahrt vom Flughafen in die Stadt, zum verabredeten Café mit der wartenden Magda, überschneiden und überlagern sich dann bei mir gleich mehrere Aufmerksamkeiten. Eine Aufmerksamkeit gilt der Uhr, weil Magda ja wartet (abwechselnd der Uhr am Arm und der auf dem Handy, immer wieder blicke ich auf mein Handy, sowohl um die dort angegebene Uhrzeit mit der auf meiner Armbanduhr zu vergleichen als auch um zu sehen, ob sie möglicherweise schon angerufen hat …), die zweite Aufmerksamkeit richtet sich auf den Rückspiegel, den Innenrückspiegel, den an der Innenseite der Windschutzscheibe angebrachten, mit dem Blick ins Wageninnere, wie sie da beengt, zusammengepfercht, gequetscht sitzen und ich mich unermüdlich bemühe, meine Gäste ordentlich mit Anekdoten, Hinweisen, Bemerkenswertem, Typischem der für sie unbekannten Stadt zu versorgen. Und die dritte Aufmerksamkeit gilt dem Tag. Ich bin ja schließlich Gastgeber, wenn auch zum ersten Mal. Das überlagert sich alles.

– Ist das ein Mietwagen?

– Carsharing.

– Mach ich auch.

– Wo sich der Mensch früher durch das Auto definiert hat, definiert er sich jetzt durch die Art und Weise der Nutzung. (Das war Konrad, wie immer mit Überblick.)

– Hat aber auch ästhetische Gründe. Man möchte so ein Auto ja nicht vor der Haustür haben. Stell dir vor, man sieht dich, wie du aus so einem Kübel aussteigst.

– Was kostet das?

– Wir brauchen so selten ein Auto, da lohnt es sich nicht …

Draußen zieht ein Juwel der hiesigen Bau- und Kulturlandschaft und -geschichte vorbei, die ehemalige Galopp-Rennbahn aus der Mitte des 19. Jahrhunderts, inzwischen unter Denkmalschutz gestellt, aber gleichwohl von verschiedenen Nutzungskonzepten bedroht.

– Man muss nichts machen, sich um nichts kümmern, man steigt einfach ein, fährt und stellt das Teil anschließend wieder auf seinen Platz, das ist super.
– Mich interessieren Autos nicht, ich finde sie einfach nur hässlich.
– Hat er ja gerade gesagt.
– Es geht nicht um das Auto, es geht um die Nutzung.
– Ich finde sie trotzdem hässlich.
– Die Feindschaft zum Auto ist so alt wie das Auto selbst.
– Blödsinn, das ist keine Feindschaft. Es interessiert mich einfach nicht.
– Sollte es aber.
– Warum?
– Das Auto ist eine Definition unserer Welt. Ästhetisch, soziologisch, diskursiv …
– Schön gesagt.
– Mit euch kann man einfach nicht über Autos reden.
– Ihr merkt das gar nicht. Hier wird immer nur über Autos geredet.
– …

Draußen zieht ein ausgesprochen gelungenes Beispiel eines ausgesprochen misslungenen Großversuchs vorbei: Namhafte Architekten wurden von der Stadt beauftragt, Wohnungen in ein altes Industriedenkmal einzubauen, das war die Idee. Schnell wurde klar, dass so eine Idee, von Mandatsträgern mit Hang zu Höherem und entsprechenden Verbindungen in ihren Amtsstuben ausgeheckt, nicht die gewünschte Resonanz finden würde, also wurde die Sache eine Aufgabe fürs Marketing und schließlich sich selbst überlassen.

– Wenn ich das noch mal sagen darf, ich finde, Carsharing ist eine ästhetische Frage.

– Gib mir die Tasche, ich nehm sie auf meinen Schoß.

– Lass ruhig, die stört mich nicht.

– Man möchte ja nicht vom eigenen Auto ständig diskreditiert werden. Stell dir vor, du müsstest jeden Morgen in so ein Teil da einsteigen (er zeigt auf ein Auto das neben dem Siebensitzer an der Ampel wartet), und abends stellst du es dann vor die eigene Haustür, das geht doch nicht.

– Du wiederholst dich.

– Ich muss mich wiederholen, es hört mir ja keiner zu.

– Das machen doch alle.

– Was?

– Sich vom eigenen Auto sozusagen bloßstellen lassen.

– Eben. Das gehört sich nicht.

– …

Draußen zieht ein maßlos überbautes Areal vorüber, das früher einmal der zentrale Schlachthof war. Einer der Kopfbauten des ehemaligen Verwaltungstraktes konnte durch illegale Besetzer erhalten bleiben, ein schönes Relikt aus kämpferischen Tagen, ist noch heute ein beliebter Veranstaltungsort.

– Du hast einfach einen sentimentalen Blick auf die Welt.

– Na und? Das Auge ist nun mal Erinnerung. Ein Trägermedium der Erinnerung.

– Hat er das nicht schön gesagt.

– Belmondo in seinen besten Jahren. Was da noch für Autos durchs Bild fuhren, eine Verfolgungsjagd mit einem R4 …

– Du sprichst also von Oldtimern, nicht von Autos.

– Ich rede von Atmosphäre.

– Er redet von Filmen (Konrad, wie immer mit Überblick).

– Nein, ich rede vom Anblick unserer Welt.

– Er redet einen Scheiß.

– Erst war es eine Erfindung, die Erschließung einer neuen Welt, dann war es Freiheit, und heute ist ein

Auto dazu da, Daten zu erheben, Bewegungsmuster zu erstellen.

– Jetzt drückt die Paranoia wieder durch.

– Von wegen, wenn du mit deinem Carsharing-Teil zweimal ins gleiche Einkaufszentrum fährst, hast du am nächsten Tag jede Menge Angebote von dem Zentrum in deinen Mails.

– Mich interessieren Autos nicht, gestern nicht und heute schon gar nicht.

– …

Insgesamt war aus dem Thema kein Kapital zu schlagen. Trotz redlichen Bemühens. Ich blicke wieder auf meine Uhr, die Zeit wird immer knapper, der Verkehr dafür immer dichter.

Ganz alleine sitzt Magda in dem Café und wartet. Wobei erschwerend hinzukommt, dass sie nicht einmal schlechte Laune wird haben dürfen, weil sie so lange hat warten müssen. Sie wird sich stattdessen freuen müssen über die Gäste aus der anderen Stadt, aus der Vergangenheit. Das ist unfair. Aber auf Grund der Verkehrslage nicht zu ändern.

Magda wird nachgedacht haben während der langen Zeit des Wartens. Vermute ich jedenfalls. Was soll man auch sonst machen, beim Warten. Der Anlass des heutigen Tages bietet ja genügend Gelegenheit zum Nachdenken. Sie wird sich daran erinnert haben, wie oft sie schon gewartet hat. Dass sie eigentlich immer gewartet hat. So viele Jahre. Immer nur gewartet. Wohlgemerkt, so viele von ihren Jahren. Die Jahre an meiner Seite sind ins Land gezogen, und sie hat gewartet. Seit Anbeginn wartet sie darauf, dass es besser werden würde. Aber es wurde nicht besser. Immer hat sie darauf gewartet, dass es leichter werden würde. Aber es wurde nicht leichter. Dann hat sie nur noch darauf gewartet, dass es wenigstens interessant bleiben würde, aber es blieb nicht interessant. Ihre Hoffnungen und Wünsche rückten nur immer weiter und weiter in die Ferne. Und dann, wenn sie bereit ist, die Hoffnungen und damit auch das Warten aufzugeben, fahrenzulassen, dann schlägt wieder meine Stunde, dann komme ich und versuche ihr die kleinsten Selbstverständlichkeiten als großen Fortschritt im Sinne ihrer Hoffnungen, als Durchbruch auf dem Weg zur Erfüllung zu verkaufen. So gehört sich das. Aber sie ist nicht die Einzige, die auf ihr Leben wartet. Ich warte auch auf mein Leben. Wobei sich das nicht vergleichen lässt. Ihr Warten ist völlig anders als meins. Das ist wie auf einem Bahnsteig, alle warten auf den gleichen Zug, aber die einen bringt er zu Freunden, die anderen zur Arbeit, eine fährt zu ihrer Hochzeit, ein anderer zu einer Beerdigung. Das macht aus dem gleichen Warten etwas vollkommen anderes. So auch bei Magda und mir. Sie geht in ihrem Beruf auf und glaubt, dass es doch noch mehr geben muss als nur den Beruf. Darauf wartet sie. Ich warte darauf, in meinem Beruf aufgehen zu können. Derzeit bin ich Zeitungsschreiber bei einem Blatt, dessen Niveau nur noch von seinem Anspruch unterboten wird. Vor meinen Freunden rechtfertige ich mich damit, dass ich ja nur für ein paar kleinere Absätze im Gesellschaftsteil verantwortlich bin. Grob umrissen besteht meine Aufgabe darin, beispielsweise ein neues Tattoo einer Hollywood-Diva auf das gleiche Erregungsniveau zu heben wie die Berichte von den Kriegsschauplätzen. Magda hasst meine Arbeit, ich ehrlich gesagt auch. Ich liebe ihre Arbeit, sie macht immer alles so hübsch, sie macht die Welt schöner, ich mache sie unerträglich. Hin und wieder schreibe ich auch schon mal einen richtigen Artikel, aber den druckt meine Zeitung natürlich nicht ab. Und, das will ich betonen, nicht nur deshalb, weil ich meinen Zuständigkeitsbereich überschreite. Bei meinen Freunden ist so ein Artikel dann immer ein großer Erfolg – weil er *nicht* gedruckt wird. Das gilt als Beweis meines Könnens, wenn er in dieser Zeitung nicht gedruckt wird. Er wird begeistert aufgenommen, alle haben Vorschläge, ich solle einen Blog im Internet machen, einen eigenen

Newsletter, mich woanders bewerben ... Ich weiß dann nie so genau, ob sie mich trösten wollen oder sich selber. So einen für mich und meine Freunde vielversprechenden Artikel schicke ich dann an andere Zeitungen, unter falschem Namen natürlich. Ich will ja keinen Ärger mit meiner Zeitung, kann ich mir schon rein finanziell nicht leisten. Manchmal erscheint er sogar. Unter falschem Namen. So wächst, langsam, aber unaufhörlich, neben dem Alltag ein Eigentliches heran, auf das man dann wartet. Unter der Hand hat sich das ganze Leben zu einem Warten, zu einem einzigen, endlosen, mühsamen Warten entwickelt. Über das Warten ist man älter geworden. Was heute gebührend gefeiert werden soll.

Es ist natürlich nicht das Alter, das einen gegenseitig uninteressant macht, es ist die Gewohnheit. Wie man sich jeden Abend durch den Dunst der gemeinsamen Flaschen Wein in den Schlaf hofft, darin könnte man schon einen Hinweis auf das Unerträgliche vermuten, auf das, was jeden Tag ertragen werden muss. Man ist ja grundsätzlich dem Unerträglichen in besonderem Maße verpflichtet. Tiefe Atemzüge neben mir, die Atemzüge werden ruhiger, länger, tiefer, sie wandeln sich, es entsteht eine ganze Sinfonie aus Atem und Schleim. Mal ist es ein Röcheln, mal lieblich melodisch, dann wieder rau und abgehackt und zuweilen beinahe singend, trillernd – und zwischendrin immer wieder bedrohlich stumm. Am Morgen ist so ein Körper dann erschreckend deformiert. Die Haare stehen in krassem Widerspruch zu dem, wie man sich selbst sehen möchte, das Gesicht ist von Quetsch- und Liegefalten durchzogen, und der Atem, der die ganze Nacht mit seiner Sinfonie begleitet hat, ist stumpf, trüb und aasähnlich. Ja, auch der Atem wird älter. Für mich ist das Ehebett eines der großen Rätsel der Menschheit. Ausgerechnet eine Ehe muss in einem gemeinsamen Bett verbracht werden. Das erschwert die Sache unnötig. Man sollte sich doch am Morgen eine halbe Stunde Zeit gönnen, um sich wieder in Stil und Form zu bringen, bevor man dem Menschen unter die Augen tritt, der es mit einem aushalten muss. Der beginnende Tag wirft seine Vertrautheiten voraus, aber das ist allen hier vertraut. Die sind hier ja alle schon so lange zusammen, dass man sich nur noch wegen der Vertrautheiten ertragen kann.

Und jetzt passiert es gleich. Während Magda noch ihren Gedanken nachhängt (und sich wahrscheinlich überlegt, ob sie nicht doch anrufen soll und fragen, wo wir eigentlich so lange bleiben), parke ich draußen den Mietwagen ein, verblüffend elegant, wie ich meine. Die Parklücke ist sehr klein, eigentlich viel zu klein für einen solchen Siebensitzer, aber ich, wenn ich das sagen darf: ich mal wieder, in einem Anlauf! Rita, die sich nicht für Autos interessiert, ist ganz entzückt. Sonst habe ich es ja nicht so mit dem Ehrgeiz, aber bei so was schon.

Jetzt ist es also so weit, jetzt kommt es zu einer ersten Begegnung zwischen meiner Vergangenheit und meiner Wirklichkeit. Die Vergangenheit und die Wirklichkeit, das ist ja nicht in jedem Fall ein unbeschwertes Verhältnis, ein zwingendes, aber kein unbeschwertes. Im Grunde ist das eine Machtfrage. Dabei hat die Vergangenheit, das muss man zugestehen, zumindest den Vorteil, dass sie nicht mehr zu ändern ist. Man kann es mit Interpretationen versuchen, aber das ändert letztlich nichts. Jedenfalls nichts an der Vergangenheit. Der Wirklichkeit ist sie, die Vergangenheit, natürlich ein Dorn im Auge, weil sie immerzu in die Wirklichkeit hineinpfuscht und stets darauf besteht, dass es sie, die Wirklichkeit, ja nur deshalb gibt, weil es sie, die Vergangenheit, gegeben hat. Oft schwer zu ertragen für die Wirklichkeit. Die steht allerdings nicht ganz so wehrlos da, wie man glauben möchte. Die hat schon ihre Mittelchen und Methoden, ihre Widersacherin derart in die Schranken zu weisen, dass sie sich nur noch, tief gekränkt, in die Fotoalben zurückziehen kann. Und dort sitzt sie dann und fühlt sich von der Wirklichkeit um ihre Existenz betrogen. Zumal heutzutage, wo es nicht einmal mehr Fotoalben gibt, nur noch endlose nichtssagende Fotodateien auf Handys, die alle paar Monate ausgewechselt werden. Jetzt ist es also so weit, jetzt sollen die beiden Welten aufeinandertreffen, zunächst nur ganz vorsichtig, nur kurz mit Magda gewissermaßen als Vorhut, die natürlich jetzt auch Hüterin meiner Wirklichkeit ist. Das erwähnte ich bereits. Die umfängliche Begegnung kommt dann erst später. Der Tisch ist für den Abend bestellt.

Für den Moment, wenn dann alle am Tisch sitzen werden, habe ich eine kleine Ansprache vorbereitet. Letzte Nacht, beim Wachliegen, der Melodie ihres Atems lauschend, habe ich an der kleinen Ansprache gefeilt. Ich liege ja häufig des Nachts wach, zwei Stunden, drei Stunden, manchmal länger, dann liege ich da, starre in die Dunkelheit und denke Dinge, von denen ich heilfroh bin, dass ich anderntags nicht mehr viel davon weiß. In der letzten Nacht musste dieses Nachtswach-Liegen genutzt werden, um meiner kleinen Ansprache den nötigen Schliff zu geben. Die ganze Nacht über habe ich schweigend vor mich hin geübt, habe mir Pointen eingeprägt, habe immer wieder die Reihenfolge umgestellt und ausprobiert, die Übergänge verbessert, für jeden meiner Gäste hatte ich einen ganz persönlichen Gedanken parat. Wie ein Geschenk sollte dieser ganz persönliche Gedanke zelebriert werden, entscheidend war dabei, keine Hierarchie aufkommen zu lassen. Es waren ja nur dreizehn Personen, sechs aus der Vergangenheit und sechs aus der Wirklichkeit, dazwischen Magda als Verbindungsstück, die in der Rede zusammengeflochten werden mussten. Dafür ist so eine kleine Ansprache ein probates Mittel. Damit habe ich mich in meiner schlaflosen Nacht beschäftigt. Natürlich konnte ich weder Bleistift noch Notizblock verwenden, ich konnte ja kein Licht anmachen, das hätte zu Fragen geführt. Ich musste mir also jede elegante Redewendung, jede Pointe, jeden Übergang mühsam einprägen.

Und dann, heute Morgen, als es Tag wurde und ich in aller Frühe aufbrechen musste, den Mietwagen holen, um die Abzuholenden abzuholen, war ich es doch zufrieden, ich war mit meiner kleinen Ansprache sehr zufrieden. Tatsächlich freue ich mich schon darauf, sie am Abend vortragen zu können, von den Anwesenden Applaus zu bekommen. Ja, das wird eine gelungene kleine Ansprache werden.

Aber noch ist es nicht Abend, noch muss das die ganze Nacht über Geübte durch den Tag hindurch gerettet werden. Die Abgeholten und die wartende Magda begrüßen sich mit der gebührenden Freude, ich stehe ein wenig abseits und bemitleide Magda ein bisschen, wie sie sich nicht einmal darüber ärgern darf, dass ich sie habe warten lassen. Frieder steht noch ein bisschen abseitiger, das ist so seine Art.

Dass Magdas Rolle in der kleinen Ansprache mit größter Sorgfalt behandelt sein wollte, darüber war ich mir schon heute Nacht vollkommen im Klaren. Immerhin verdanke ich Magda das, was ich heute als meine Wirklichkeit bezeichne. Das muss in so einer Ansprache natürlich berücksichtigt werden, das muss würdigend berücksichtigt werden. Mit dieser Wirklichkeit haben sich ja ursprünglich Hoffnungen und Erwartungen verbunden. Unterschiedliche zwar, aber doch beiderseitig. Was heute keine Rolle mehr spielt. Höchstens noch als Enttäuschung. Wie auch immer, die Wirklichkeit jedenfalls verdanke ich Magda. Ich habe zwar lange gebraucht, mich an sie zu gewöhnen, mich in sie hineinzufinden, dieses neue Wollen als das meinige zu verstehen, aber inzwischen kann ich es schon recht flüssig und überzeugend vertreten. Das ist wichtig. So eine Wirklichkeit, auch wenn es die eigene ist, und eine andere als die eigene kann es ja nicht geben, hat man ja trotzdem nicht für sich alleine, die muss ja auch in einem Umfeld bestehen. Und da werden ordentlich Haltungsnoten vergeben. Im Grunde ist es wie bei diesen artistischen Sportarten, beispielsweise beim Eiskunstlauf, da sitzen die Punktrichter am Rand, bewerten generös den Schwierigkeitsgrad und vergeben sehr strenge Haltungsnoten. So ist das mit der eigenen Wirklichkeit auch. Keinen Halt unter den Füßen, aber obenrum Pirouetten drehen. Ich wollte ja nie aufs Eis, aber jetzt heißt es: Haltung bewahren! Und während sich Magda freut, sich mehr oder weniger gezwungenermaßen freut, sie hätte auch verärgert sein können, immerhin haben wir sie warten lassen, während sie sich also über die Ankommenden freut, gerate ich in Gedanken über das, was man aushalten muss, wenn man so in seiner Wirklichkeit steckt. Aus der kommt man ja nicht raus. Seltsam, schaut man nach vorne, hat man Pläne, schaut man nach hinten, hat man Erklärungen, nur jetzt gerade, genau in der Wirklichkeit, verliert man den Boden unter den Füßen. Und so stehe ich ein wenig abseits, um dem Gedanken, den ich übrigens recht gut im Griff habe, so dass er im sichtbaren Geschehen praktisch nicht nachzuweisen ist, noch ein Weilchen nachzuhängen.

Ich erinnere mich an Mohrchen, unsere Wohngemeinschaftskatze damals. Damals war meine Wirklichkeit noch eine ganz und gar andere als heute. Meine damalige Wirklichkeit hatte mehr mit meiner heutigen Vergangenheit zu tun als mit meiner heutigen Wirklichkeit. Eine Wohngemeinschaft eben. Und Mohrchen, unsere Wohngemeinschaftskatze, die eigentlich ein kleiner rabenschwarzer Kater war, ermöglichte uns damals die herrlichsten Diskussionen. Hitzige und nächtelange, tief einschneidende und absolut grundsätzliche Debatten hat uns Mohrchen beschert. Besonders erhitzte eine Frage die Gemüter: Darf »Wohngemeinschaftskatze« als Oberbegriff verwendet werden, oder muss man korrekterweise »Wohngemeinschaftskater« sagen, und würde das nicht wiederum unsere männlich dominierte Weltsicht zementieren? Und warum muss die Katze, die eigentlich ein Kater war, ausgerechnet »Mohrchen« heißen, ist das nur gedankenlos, aber liebevoll, oder ist es schon grob fahrlässig, die realen Umstände verharmlosend und diskriminierend? Und sowieso, sind Katzen nicht überhaupt die besseren Menschen? In manchen Fragen wechselten die Positionen, in anderen verhärteten sie sich, und zuweilen waren sie unversöhnlich und führten zum Verlassen der Wohngemeinschaft. Mohrchen liebte diese Diskussionen, er lag dann immer vollkommen unbeteiligt auf dem Sofa, schlief seelenruhig und wartete geduldig auf seinen großen

Auftritt. Denn Mohrchen hatte ein Frauchen. Sie neigte sowohl zu besonders radikalen Thesen, hatte aber auch einen starken Hang zu Kitsch und Nippes. Es war jedenfalls am Ende jeder Diskussion immer das gleiche Ritual. Frauchen zuckte erst ein bisschen mit den Mundwinkeln, dann versuchte sie noch heftig zu widersprechen, und dann löste sie sich in Tränen auf. Das war dann der Auftritt von Mohrchen, der seiner Pflicht, nämlich sein Frauchen zu trösten, umgehend nachkam. Er stürzte sich schmusend auf sie und leckte ihr die Tränen vom Gesicht. Meine persönlichen Erfahrungen mit Mohrchen beschränkten sich darauf, dass ich für ihn unsichtbar war. Er ignorierte mich sehr umfassend. Nur wenn ich beispielsweise einen Artikel in einer Zeitung etwas genauer lesen wollte, dann tauchte er plötzlich aus dem Nichts auf und räkelte sich schnurrend genau auf dem Artikel, den ich soeben etwas genauer lesen wollte. Oft liest man ja eine Zeitung einfach nur so, ein bisschen hier, ein bisschen da, das konnte ich vollkommen unbehelligt tun, aber kaum las ich mit Konzentration, mit Interesse, zack, sprang dieses abgründige Tier auf die Zeitung und legte sich genau auf den Artikel, den ich soeben genauer lesen wollte. Und weil ich mir eben gern die Welt erkläre, erkannte ich darin sogleich ein generelles Prinzip. Offensichtlich ist es so, dass dort, wo ein persönliches Interesse manifest, also erkennbar wird, dass sich dort Widerstand, Verhinderung, Ablenkung, was auch immer, bildet. Ich halte das für Physik, also für unausweichlich. Kaum interessiert man sich für etwas, entwickelt dieses Interesse geradezu magische Anziehungskräfte auf alle denkbaren Störfaktoren. Kurz gesagt: Will man etwas genauer wissen, dann legt sich eine schwarze Katze über das Geschehen. Diese Erkenntnis wurde dann im Laufe der Jahre durch alle Bereiche hindurch immer wieder bestätigt. Als würde im Universum so eine Art Eifersucht der Dinge herrschen. Will man dies, schiebt sich jenes dazwischen, jeder kennt das.

Weil ich diese Erkenntnis Mohrchen zu verdanken habe und weil Mohrchen so ungeheuer schwarz war, nenne ich diese Erfahrung gerne auch die schwarze oder die dunkle Erfahrung. Das habe ich mir aus der Physik entlehnt. Die Physik kennt ja auch die dunkle Materie, welche in unserem Universum die sichtbare Materie bei weitem übertreffen soll, rein massemäßig. Und so vermute ich eben auch, dass die dunkle Erfahrung, also die der Verhinderung, alle anderen Erfahrungen bei weitem übertrifft. Das Mohrchen-Prinzip ist allgegenwärtig. Nein, die Welt dreht sich nicht im Einklang mit den eigenen Interessen, sie dreht sich entgegengesetzt, und man muss Glück haben, will man von Zeit zu Zeit eine parallele Erfahrung von Interesse und Umständen machen.

So ist das mit dem selbstbestimmten Leben. Nicht das Interesse bestimmt das Leben, sondern die dadurch hervorgerufenen Um- und Widerstände. Oder anders gesagt, das eigene, das Selbstinteresse dient lediglich dazu, dass sich die anderen, die Fremdinteressen formieren. Aber man kann das natürlich auch ganz anders sehen. Das ist möglich. Man kann es, entgegen aller Erfahrung, selbstverständlich auch anders sehen. In dieser Möglichkeit, es nämlich auch ganz anders sehen zu können, bewahrt man sich üblicherweise noch einen letzten Rest der Idee eines selbstbestimmten Lebens auf, vermute ich mal. Ich selbst hatte allerdings immer schon eine gewisse Neigung zu den Umständen, muss ich sagen. Auch ein noch so kleiner Umstand, nahezu jeder verschwindend kleine Umstand konnte mich verlässlich von meinen Interessen abbringen. Die Umstände und Ablenkungen sind mir immer näher gewesen. Wahrscheinlich, weil so ein Umstand immer konkret ist, das eigene Interesse hingegen schwierig.

Da stehen nun also Wirklichkeit und Vergangenheit so einfach beieinander, vertragen sich, wie es den Anschein hat, bestens, und ich gehe unterdessen in

Gedanken noch einmal meine kleine, für den Abend vorgesehene Ansprache durch, nicht ohne zwei, drei kleine Korrekturen vorzunehmen, wie gesagt, im Geiste. So eine Ansprache kann ja auch schiefgehen, trotz intensiver nächtlicher Vorbereitung. Ich bin sicherlich kein Routinier, was Ansprachen anbelangt, aber so viel weiß ich, eine Ansprache kann auch schiefgehen. Ich habe allerdings selbst einmal eine gelungene Erfahrung mit einer Ansprache machen können. Es war meine mir unvergessene Rede an eine Gruppe Schwäne im Ostpark. Halb fünf Uhr in der Früh, der Ostpark lag nicht auf meinem logischen Heimweg, egal bei wem, mit wem ich wo auch immer gewesen sein mag, am Ostpark würde ich auf dem Weg zu mir nach Hause auf keinen Fall vorbeikommen. Ich bin trotzdem dort gelandet. Es war noch ziemlich kalt und feucht. Eine feuchte, kalte Nässe, die einem ordentlich unter die Haut kriechen kann. Ich bin auf eine Parkbank gestiegen und habe meinen Blick über den dortigen kleinen See in die Dunkelheit wandern lassen. Aus diesem feuchtkalten Dunkel tauchten dann plötzlich Schwäne auf, zunächst nur kleine weiße Punkte, dann wurde das Weiß leuchtender, geräuschlos und majestätisch hielten sie auf mich, der ich auf dieser Parkbank stand, zu. Kein Wunder, dass ich mich berufen fühlte, eine Ansprache zu halten. So habe ich also zu den Schwänen gesprochen. Um halb fünf in der Früh. Mir unvergessen. Ich sprach von Stolz und Würde, was bei Schwänen ja ein naheliegendes Thema ist. Einer der Schwäne, ich erinnere mich noch genau, erlaubte sich, mitten in meinen Worten, seinen Kopf in den See hinabzutauchen, wohl um auf dem Grund ein paar Schlingpflanzen zum Frühstück auszureißen, und ich habe ihn in meinem Furor zurechtgewiesen, keiner der anderen Schwäne erlaubte sich danach noch eine ähnliche Frechheit. Es war eine große Rede, fulminant, mitreißend und unverstanden, der Schwäne wegen.

Aber die Ansprache heute Abend, die kann trotz der nächtlichen Vorbereitung noch immer schiefgehen. Magda wird ihr mit besonderer Aufmerksamkeit lauschen und, so ist zu vermuten, jeden kleinen Unterton genau registrieren. Wenn ich mir da nicht ordentlich Mühe gebe, dann wird später viel Erklärungsbedarf herrschen. Aber ich habe mir ja in meiner schlaflosen Nacht ordentlich Mühe gegeben. Um noch einmal kurz auf meine Gedanken bezüglich meiner Wirklichkeit und der Selbstbestimmtheit zurückzukommen, ich warte nun schon die ganze Zeit darauf, dass sich der Tag endlich selbstbestimmt anfühlen möge. Tut er aber nicht. Aber das führt jetzt doch zu weit in die Untiefen. Ich wollte mich noch bei Magda entschuldigen, dass ich sie habe warten lassen, zögere aber, weil eine solche Entschuldigung unnötig ist, sie würde am Warten auch nichts mehr ändern. Womit einmal mehr unterstrichen wäre, dass das ganze Leben wie ein endloses Warten anmutet. Man wartet darauf, dass es anfängt, dass es aufhört, man wartet auf Antworten, dann auf bessere Antworten, man wartet darauf, dass der Zug kommt, dass die Überweisung eingeht, dass es Abend wird, dass es Frühling wird, dass der die das neue Irgendwas endlich herauskommt, manche warten auf den Tod, die anderen warten auf das Leben. Aber, wie gesagt, ich hatte den Gedanken gut im Griff, man wird mir den nicht angesehen haben.

– Na ja, wenigstens hat das Café geöffnet.

– Der Kaffee hier ist schlecht.

– Stell dir vor, du hättest auch noch draußen warten müssen.

– Das wäre ja blöd gewesen.

– Ich hätte nicht draußen gewartet.

– Schau, der Shop ist auch geöffnet.

– Aber die Sehenswürdigkeit nicht.

– Die haben wir ja jetzt auch gesehen.

– Nicht die Sehenswürdigkeit.

– Aber wir haben gesehen, dass man sie hier zu sehen bekäme, wenn sie zu sehen wäre.

– Ein Café, ein Shop, wozu noch eine Sehenswürdigkeit? Ist eh auf den Postkarten.

– Außerdem kann man's ja googeln, haben ohnehin die besseren Fotos. (Das war nicht Konrad, das war Judith.)

– Das Eigentliche wird immer mehr zum Nebensächlichen. (Das war jetzt Konrad.)

– …

Darauf folgt noch ein Weilchen eine Betrachtung der derzeitigen gesellschaftlichen Bedingungen und wie sie sich wirtschaftlich Ausdruck verschaffen. Man kann an dem Wortwechsel gut erkennen, dass diese Runde schon viele Jahre, viele Jahrzehnte Übung in solchen Betrachtungen hat. Schließlich führt das natürlich wieder zum Thema Auto und warum, bei aller offensichtlichen Kompetenz, in dieser Runde nicht über Autos gesprochen wird.

– Das ist wie mit den Autos heutzutage, das Fahren ist nur noch eine Nebensache.

– Mich interessieren Autos nicht.

– Bewegung ist der neue Stillstand.

– Den Artikel hab ich auch gelesen.

– Das Auto muss man heute nicht mehr von der Bewegung her denken, das Auto muss man heute vom Virtuellen her denken.

– Eben. Das sag ich ja die ganze Zeit. Das Auto dient nicht mehr der Bewegung selbst, sondern dem Erkennen von Bewegungsmustern.

– Vor allem erhebt dein Auto Daten, die auf dein persönliches Verhalten Rückschlüsse zulassen. Ihr redet immer noch vom Fahren, das Fahren wird längst anderweitig erledigt …

– Die sehen lustig aus, die neuen Teile.

Erinnern mich an die Comics aus den 60er und 70er Jahren.

– Stimmt: »Die Jetsons«, genau.

– Mich interessieren Autos nicht.

– Fahren wir?

– …

Dann wird gefahren. Weil die Sehenswürdigkeit geschlossen hat, der Kaffee im dazugehörigen Café schlecht und außerdem die Bedienung gewissermaßen außer Dienst ist, beschließt man mit allgemeiner Zustimmung zu fahren. Ein bisschen Lokalkolorit haben die Gäste aus der Fremde ja mitbekommen. Die Besetzung des Siebensitzers bleibt unverändert. Magda verabschiedet sich, um mit Arnold und Anna zu dem bei Kennern beliebten Ausflugsort zu fahren, wo für den Abend der Tisch bestellt ist. Zur Erinnerung, das sind die beiden Freunde, mit denen wir, also Magda und ich, im Frühsommer den verhängnisvollen Spaziergang unternommen haben, der dann zu der heutigen Einladung geführt hat.

Es wird in diesen Tagen ja schon früh dunkel. Dazu kommt, dass sich zu dieser Jahreszeit die Sonne nur selten blicken lässt. Meist hängen tiefe Wolken über dem Geschehen. So auch an diesem Tag. Vor einem halben Jahr, im Frühsommer, da schien die Sonne bis tief in den Abend hinein. Heute nicht. Heute liegt das bei Kennern beliebte Ausflugslokal nicht nur im Nebel, sondern auch in Dunkelheit. Kaum lenke ich den Mietwagen mit meiner Delegation aus der Vergangenheit auf den Parkplatz dieses bei Kennern sehr beliebten Ausflugsziels, da kommt mir, beziehungsweise uns, auch schon Johann entgegen. Damit habe ich nicht gerechnet. Ungewöhnlich für Johann, dass er als Erster bei so einer Einladung erscheint. Normalerweise schätzt es Johann, etwas später zu kommen, er zieht den Auftritt dem Warten vor. Ich bin daher nicht schlecht erstaunt, dass Johann schon hier ist. Frühestens in ein oder zwei Stunden, früher hätte ich mit ihm nicht gerechnet. Und nicht nur, dass er schon da ist, er treibt sich auch noch hier draußen auf dem Parkplatz herum. Warum sitzt er nicht drin in der Wärme? Na ja, vielleicht musste er den kleinen Maximilian, das ist sein etwa dreijähriger Sohn, beschäftigen. Den hatte ich übrigens bei meinen ganzen sorgfältigen Planungen glatt übersehen. Jetzt macht er sich hier auf dem Parkplatz die Füße nass. Und schmutzig. Ab dem Moment waren eigentlich alle Überlegungen hinfällig. All die sorgfältige Planung war mit einem Schlag ausgelöscht.

Mein Plan hatte ursprünglich folgenden Ablauf vorgesehen, ich wollte hineingehen, den bestellten Tisch in Augenschein nehmen, die vorbereiteten Tischkärtchen aufstellen, ja, ich hatte tatsächlich Tischkärtchen vorbereitet, und einen Aperitif bereitstellen, solche Notwendigkeiten eben. Aber dann kommt mir Johann mit dem kleinen Maximilian an der Hand schon auf dem Parkplatz entgegen. In dieser nassgrauen, kalten Dunkelheit, draußen auf dem Parkplatz, mit dem kleinen schon ganz durchgefrorenen Maximilian herumtollend, das war unvorhergesehen. Und noch bevor alles seinen geplanten Gang überhaupt einschlagen kann, ist alles schon ganz anders. Johann freut sich dermaßen auf unser Eintreffen, dass es mir hätte auffallen müssen. So eine fast schon überschwänglich zu nennende Freude gehört nicht zu Johanns Repertoire, eigentlich. Aber so freudig begrüßt zu werden trübt verständlicherweise den Blick. Also fühle ich mich geschmeichelt, beziehe die Freude auf mich und übersehe dabei, dass eine solch überschwängliche Freude nicht ganz der Situation entspricht – und, wie gesagt, auch nicht wirklich das Verhältnis zwischen Johann und mir widerspiegelt. Geschmeichelt bemerke ich nicht, dass die Freude eine Ursache hat – und die Ursache ist nicht meine Person. Denn Johanns Freude ist weniger Freude, Johanns überschwängliche Freude ist Erleichterung. Das ist ein Unterschied. Erleichterung darüber, dass endlich Gastgeber und Gäste eingetroffen sind. Dass da was nicht ganz stimmt, das hätte mir eigentlich auffallen müssen. Aber mir fehlt eben die Erfahrung.

Johann habe ich übrigens kennengelernt, als ich einmal auf Magda warten musste. So ist es ja nicht. Das Warten ist keineswegs eine einseitige Sache. Nur weil sie vorhin in der geschlossenen Sehenswürdigkeit auf uns warten musste, heißt das noch lange nicht, dass immer nur sie warten muss. Auch ich musste schon auf sie warten. Mehr als einmal. Zum Beispiel damals, als sie in ernsten Dingen unterwegs war und ich auf sie warten musste, wofür ich eine Gaststätte aufsuchte, die so überfüllt war, dass ich mich zu jemand damals noch Wildfremdem an den Tisch setzen musste. Das war Johann. Angesichts dieser Unannehmlichkeit, mich so an seinen Tisch gedrängt zu haben, kam ich mit ihm ins Gespräch, woraus sich in der Folge dann weitere Gespräche ergeben haben, so dass ich ihn heute gerne zu einer Person meiner Wirklichkeit zähle. Er ist mir keineswegs unwichtig, ich ihm vermutlich auch nicht, aber so wichtig, dass er sich gleich derart hätte freuen müssen, bin ich ihm sicher nicht. Das Gespräch mit Johann lenkte mich damals etwas von der Ernsthaftigkeit der Wirklichkeit ab. Die war damals noch sehr ernst. Überhaupt hat die Wirklichkeit ja immer einen gewissen Hang dazu, sich als sehr ernste Angelegenheit zu verstehen. Im Vergleich dazu ist meine Vergangenheit eine unbedingt spaßige Sache. Aber daran ist natürlich nicht die Wirklichkeit schuld, das ist einfach nur so. Ein Rückblick ist ja immer etwas ganz anderes als ein Anblick. Jedenfalls, bis Magda von ihrer ernsten Angelegenheit zurückkam, hatte ich mich mit Johann schon für den nächsten Tag auf ein Glas Wein verabredet, was letztlich dazu führte, dass er heute hier ist. Erstaunlicherweise sogar als Erster.

Eine Tischgesellschaft, mit der keiner gerechnet hat, war es, die Johann dazu gebracht hat, sich hier draußen in der Kälte mit dem kleinen Maximilian herumzutreiben, und außerdem die ganze Planung über den Haufen warf. Wie bereits erwähnt, ist dieses architektonische Kleinod ein recht beliebtes Ausflugslokal bei Leuten mit Anspruch, deshalb finden sich hier auch Leute mit Anspruch. Also noch andere Anspruchsvolle. Natürlich gibt es auch Einheimische, schon wegen des Anspruchs auf Authentizität. Wie zum Beispiel die beiden Einheimischen, die gleich neben der Schank an dem Stammtisch sitzen und ganz offensichtlich von Waldarbeiten kommen. Das macht das Ausflugsziel ja so beliebt, dass es noch die Sphäre des Authentischen zu bieten hat. Wo findet man heute noch Waldarbeiter? Aber ansonsten eben Leute mit Anspruch. Das gilt auch für jene kleine Tischgesellschaft, mit der keiner gerechnet hat, keiner gerechnet haben konnte. Der Zufall ist manchmal von grauenvoller Niedertracht. Die ganze Niedertracht des Zufalls zeigt sich hier in ungeschminkter Blöße. Denn dort sitzt die Mutter von Johanns unehelichem Sohn samt diesem, der übrigens kaum älter ist als Johanns ehelicher Sohn Maximilian, und ihrem Mann, der von nichts weiß. Drei Personen, eine kleine, ganz normale Familie, mehr nicht. Eine Familie beim Abendessen, möchte man meinen. Nicht so für Johann. Für ihn sitzen dort seine Affäre, sein anderer Sohn und der Ahnungslose. Wobei noch zu erwähnen ist, dass seine Affäre sich gerade mit anwaltlicher Unterstützung darum bemüht, ihm den Umgang mit seinem Sohn, also seinem unehelichen, zu untersagen und gleichzeitig die Unterhaltszahlungen für diesen auf ein für ihn ruinöses Maß festzusetzen.

Damit war nicht zu rechnen gewesen. Und daher die Erleichterung Johanns über uns Ankommende, was von mir in meiner geschmeichelten Eitelkeit als Freude missverstanden wurde. Hier draußen war es zwar kalt, nass, neblig, dunkel, ungemütlich, aber im Vergleich zu drinnen dürfte es für Johann hier geradezu anheimelnd gewesen sein.

Dabei hätte es noch schlimmer kommen können. Vor wenigen Tagen nämlich saß ich mit einem betrunkenen Anwalt zusammen. Zufällig. Der Anwalt und ich sind gegenseitig unbekannterweise an einer Bar der Stadt nebeneinander zu sitzen gekommen und so auch ins Gespräch. Nach dem dritten Glas hat man sich das Du angeboten, woraufhin noch zwei weitere Barbesuche folgten und ich am nächsten Morgen die Visitenkarte eines mir bis dato völlig unbekannten Anwalts in der Jackentasche vorfand. Auf dem Heimweg dachte ich noch darüber nach, diesen witzigen und schlagfertigen Mann ebenfalls einzuladen, als Überraschungsgast sozusagen. Es wäre vor allem zu meiner eigenen Überraschung gewesen. Dachte ich. Als ich am nächsten Morgen die Visitenkarte in der Hand hielt, hat mich allerdings der Mut längst schon wieder verlassen gehabt.

Und nun stehe ich hier in der Kälte auf dem Parkplatz, leichter Schneefall hat eingesetzt, und höre mit einem ungläubigen Ohr, mit wem Johann da drin zusammengestoßen ist.

– Du kannst dir vorstellen, dass ich ziemlich überrascht war.

– Kann ich mir vorstellen.

– Zumal ich das ganz anders geplant hatte. Wir kommen unten in Payerbach mit dem Zug an …

– Mit dem Zug!?

– Ja. Marie hat noch Termine, sie kommt später mit dem Auto.

– Wie bist du hier hochgekommen?

– Na, zu Fuß. Ich wollte mit ihm (zeigt auf Maximilian) seine erste richtige Wanderung machen, mit Rucksack und Proviant und so. Das war der Plan.

– Das ist ein ganz schönes Stück von Payerbach hier hoch. Wie lange habt ihr gebraucht?

– Etwas mehr als zwei Stunden. Wir kommen also hier oben an, freuen uns auf eine warme Stube, wir wollten es uns so richtig gemütlich machen, und dann sitzt da meine … Ich habe noch auf der Schwelle wieder kehrtgemacht. Ich will ja nicht hoffen, dass du das eingefädelt hast.

– Was hätte ich da einfädeln sollen? Ich wusste ja nicht einmal, dass du noch so eine Geschichte zu bieten hast.

Zwei Sätze weiter ist er schon so in Temperatur, dass er den Anwalt seiner ehemaligen Affäre mit vollem Namen nennt – und einen Verbrecher. Das ist in etwa die Situation. Und daher die Freude Johanns, die eigentlich eine Erleichterung ist. Mit Erleichterung mischt er sich jetzt unter die Schar der Gäste und stellt sich, eingebettet in eine Gesellschaft, der Situation. Der Name des Anwalts kommt mir bekannt vor. Suchend klopfe ich an meinem Sakko entlang, tatsächlich, die Visitenkarte steckt noch immer in der Brusttasche. Verschämt nehme ich sie heraus und schaue auf den Namen. Manche Zufälle sind so zufällig, dass daran zu zweifeln ist, ob sie solche sind. Und plötzlich weiß ich nicht mehr so wirklich hundertprozentig, ob ich nicht vielleicht doch in meiner Trunkenheit jenen Anwalt, der mir so witzig vorgekommen war und der sich soeben als der gegnerische Anwalt meines Freundes Johann entpuppt hat, für heute Abend eingeladen habe.

Das erste Opfer dieser kleinen Tischgesellschaft, dieser kleinen Nebenfamilie dort drüben, sind die Tischkärtchen. Ich hatte mir ja Gedanken darüber gemacht, wie sich die Eingeladenen zueinander verhalten würden. Entsprechend hatte ich eine Vorstellung davon, wie sie sitzen sollten. Deshalb die Tischkärtchen. Aber diese Planung ist, noch bevor man überhaupt den Tisch erreicht hat, hinfällig.

Jetzt musste ich mich bemühen, Johann einen Platz zukommen zu lassen, der ihm die Situation erleichtert, sie noch einigermaßen erträglich macht, wollte ich nicht meine Einladung als Ganzes gefährden. Am besten am unteren Tischende, da ragt so ein Mauervorsprung in den Raum, da wird er am wenigsten von seiner Feindin dort drüben gesehen werden können. Wenn man sich nicht mehr sehen kann, dann ist es auf jeden Fall erträglicher, wenn man sich nicht mehr sieht. Der kleine Maximilian war nur kurz am Tisch zu halten gewesen, jetzt schiebt er einen Stuhl durch den Raum. Und das mit beträchtlichem Getöse, welches allerdings in dem vielfältigen und vielstimmigen Hallo der anderen ankommenden Gäste quasi aufgeht. Die kleine Tischgesellschaft dort drüben verhält sich ruhig. Ist für die ja auch keine angenehme Situation.

Der Abend

Schließlich dann doch. Alle sitzen. Wenn auch nicht so wie geplant. Und Marie ist noch nicht da, sie kommt später. Alle haben einen Platz gefunden, für Marie sollte eigentlich der Stuhl frei gehalten werden, den Maximilian soeben in die andere Ecke des Raums verfrachtet hat. Konrad an der Stirnseite der Tafel, wahrscheinlich des Überblicks wegen, Frieder dort, wo eine Säule die Bewegungsfreiheit etwas einschränkt, eine Tafel für fünfzehn Personen ließ sich in dem historischen Raum nicht anders aufstellen, Johann ein wenig den Blicken aus dem Raum entzogen, alle haben einen Platz. Ich selbst sitze in der Mitte der Längsseite mit dem Rücken zur Wand und dem Blick in den Raum. Der richtige Moment also für meine kleine Ansprache, die ich des Nachts mir so sorgfältig eingeprägt habe und von der ich glaube, sie meinen Gästen schuldig zu sein. Schließlich begegnen sich heute meine Vergangenheit und meine Wirklichkeit.

Ich verzichte darauf, mit dem Messer an das Weinglas zu klopfen oder gar mich zu erheben, hebe stattdessen nur ein wenig die Stimme, das sollte genügen, damit alle sich in das Unvermeidliche ergeben. Dann, schon im ersten Satz, bricht unvermittelt wieder alles Geplante in sich zusammen, denn der Kellner schiebt sich in den ersten Satz meiner Ansprache hinein und gibt wortreich Auskunft über das für diesen Anlass zusammengestellte Menü:

– Als Vorspeise haben wir für Sie einen steirischen Vulkanschinkenstrudel mit Krenobers, dann ein Zanderfilet, der Zander stammt von einem befreundeten Fischer vom Wörthersee, einer der letzten dort, auf der Haut gebraten und mit Polentaschnitten, geschmälzten Tomaten und Kürbisgemüse serviert. Und schließlich noch Topfenknödel mit in Honig glacierten Maronen. Guten Appetit.

Dann verschwindet er wieder. Ohne auch nur die geringste Notiz davon genommen zu haben, dass ich hier soeben versucht habe, eine kleine Ansprache zu halten. Die Runde nimmt die Irritation amüsiert auf:

– Du hättest doch an das Glas klopfen sollen.
– Das macht man so.
– Du musst aufstehen.
– War's das schon? (Sam ist wie immer zu Scherzen aufgelegt.)
– Versuchs doch noch mal.

Ich versuche es natürlich noch einmal, setze erneut an, aber auch der zweite Anlauf kommt nicht über den ersten Satz, der inzwischen bereits bekannt ist, hinaus. Abermals erscheint der Kellner, will mich und meine Ansprache einfach nicht bemerken und stattdessen die Getränkewünsche aufnehmen.

– Darf ich inzwischen Ihre Getränkewünsche aufnehmen? Ich empfehle Ihnen zur Vorspeise einen leichten …
– Für mich erst einmal ein kleines Bier bitte. (Konrad versucht den Überblick zu behalten.)
– Für mich auch.
– …

Als auch der dritte Anlauf vom Kellner unterbrochen wird, vermuten einige eine Inszenierung.

– Habt ihr das geprobt?
– Also am Timing müsst ihr noch ein bisschen arbeiten. (Sam versucht die Kompetenz über die Scherze zu behalten.)

– Ziemlich ausgefinkelt, Respekt.

– …

Ich lasse es schließlich dabei bewenden, verzichte auf die Ansprache, wende mich meinem noch immer nicht angerührten Aperitif zu und akzeptiere den Kellner als höhere Gewalt, gewissermaßen.

Was hätte ich auch sagen sollen? Hätte ich vielleicht davon sprechen sollen, dass ich am kommenden Mittwoch einen Termin beim Internisten habe und dass mich seit Wochen die Frage beschäftigt, ob wohl die neue Sprechstundenhilfe bei meiner Darmspiegelung assistieren wird? Ob diese junge, gnadenlos hübsche Assistentin bei meiner Darmspiegelung, wenn ich in jeglicher Hinsicht entblößt auf der kalten Behandlungsliege liegen werde und den Fachmann in meinen Gedärmen herumstochern lassen muss, ob sie mit ihren großen Augen und den noch bezaubernd zukunftsfrohen Formen meine Hand halten und dabei verständnisvoll lächeln wird? Allein bei dem Gedanken wird mir so unendlich erbärmlich zumute, dass jegliche Diagnose überflüssig ist. Das beschäftigt mich. Dieser bösartige Internist hätte ja auch seine unhöfliche, provozierend desinteressierte und zum Zynismus neigende frühere Assistentin behalten können. Das würde meiner Lage am kommenden Mittwoch deutlich angemessener sein. In deren qualligen Pranken mit diesem höhnischen Grinsen obendrauf würde ich mich geborgen fühlen, vertraut. Wie zu Hause. Stattdessen muss ich fürchten, in diese feingliedrigen, zarten Hände der neuen Assistentin zu geraten, die immer so unbedarft nachlässig ihre Brille in die Haare schiebt und sich dabei in ihrem makellos weißen Assistentinnenkittel ganz und gar mir widmet. Das macht aus einer erbärmlichen Lage gleich ein erbärmliches Leben. Das ist es, was mich beschäftigt. Meine nächtlich vorbereitete Ansprache war ohnehin nur eine kleine Ablenkung von meinen tatsächlichen nächtlichen Zuständen.

Also entlasse ich die Runde aus meiner Aufmerksamkeit, verzichte auf den Rest der Ansprache und überlasse den Abend sich selbst.

– Also, ich fand, das war eine wunderbare Rede.

– ... und wie du den Kellner eingebaut hast, großartig.

– Ihr seid ein eingespieltes Team. Macht ihr das öfters?

– Ein guter Kellner weiß eben genau, wann er gebraucht wird, der spürt das. Auch ohne dass man ihn ruft.

– Das stimmt. Ich hab früher selber mal in der Gastronomie gearbeitet, da kriegt man im Laufe der Zeit

richtige Sensoren dafür. Wir hatten so einen Stammgast, ich habe den gehasst, ein widerlicher Typ …
– Nicht schon wieder diese Geschichte.
– Manche kennen sie vielleicht noch nicht.
– Bitte nicht.
– …

Die Vorspeise wird aufgetragen. Johann unternimmt einen Versuch, seinen kleinen Maximilian an den Tisch zu bekommen. Um es vorwegzunehmen, ein hilfloser Versuch. Nun ist Johann ja kein junger Vater mehr und auch kein ganz unerfahrener, wie die kleine Tischgesellschaft dort drüben mahnend ins Gedächtnis ruft, aber er ist zum ersten Mal begeisterter Vater, das schwächt ihn. Er beginnt zunächst mit der Anrufung, also damit, dass er den Namen Maximilian mit Nachdruck in den Raum stellt. Nicht zu laut, aus Rücksicht auf die andern Gäste, aber doch möglichst fest. Der Wille zum Nachdruck ist zwar gegeben, allein es fehlt an Druck. Und so gerät der Name eher höflich. Lieblich. Weich. Mehr bittend, fast flehend. Von außen betrachtet bildet sich nicht der Vater in den fünf Silben des angerufenen Namens ab, sondern der Versuch, eine Autorität darzustellen. Was allerdings am Stolz über den Nachwuchs und an dem Bemühen, einem modernen Bild von Autorität zu entsprechen, scheitert. Logische Folge, Maximilian reagiert nicht. Im zweiten Anlauf, der natürlich der Situation nach wie vor angemessen bleiben will, immerhin befindet man sich in einer gewissen Öffentlichkeit, in der davon auszugehen ist, dass beispielsweise Erziehungsmaßnahmen, insbesondere Vater-Sohn-Beziehungen, einer kritischen Aufmerksamkeit ausgesetzt sind, außerdem, das sollte nicht übersehen werden, könnte die kleine Tischgesellschaft dort drüben leicht auf den Plan gerufen werden, unwillkürliche Vorsicht schleicht sich also in den Ton, daher ist die Lautstärke, wie gesagt, zwar der Situation angemessen, allerdings nicht der Intention. Maximilian ignoriert lautstark das Ansinnen seines Erzeugers, rumpelt mit seinem Stuhl umso lauter durch den Raum, in entgegengesetzter Richtung. Ein weiterer Anlauf, ihn an den Tisch zu bekommen, wird nötig. Wären, wie ursprünglich geplant, die Tischkärtchen zum Einsatz gekommen, dann hätte Johann jetzt einfach die Möglichkeit gehabt, aufzustehen und den ungehorsamen Maximilian mit persönlichem Einsatz an den Tisch zu bringen, vielleicht sogar mit Erfolg, was angesichts Johanns Begeisterung für sein Söhnchen und dessen Fähigkeit, ebendiese auszunutzen, jedoch zu bezweifeln ist. Nun sitzt Johann aber so, dass mindestens zwei andere Gäste rücken oder gar aufstehen müssen, um ihm den Weg frei zu machen, und das, wo doch soeben die Vorspeise serviert wird. Also erneut der Versuch mit noch etwas festerer Stimme, begleitet von der unmissverständlichen Aufforderung: »Sofort!« Die Reaktion war erwartbar. Und noch einmal, jetzt mit einem angehängten: »Bitte!«, was kaum mehr als Johanns Hilflosigkeit offenbart. Der sieht nun seine sorgsam gepflegte smarte Coolness bedroht, gibt daher auf und wendet sich seiner Vorspeise zu. Steirischer Vulkanschinkenstrudel mit Krenobers.

Am oberen Ende der Tafel hat Rita zwar, wie fast alle anderen in der Runde auch, keine Kinder, dafür aber Erziehungsvorschläge. Ob deren gesamtgesellschaftlicher Relevanz hätte es sicherlich unterschiedliche Meinungen gegeben, aber sie sind akustisch nicht bis zu Johann durchgedrungen und mehr oder weniger von der Vorfreude auf den Strudel vom steirischen Vulkanschinken verschluckt worden. Rita hat übrigens zu den meisten Vorgängen in ihrem Wahrnehmungsumfeld sehr grundsätzliche Vorschläge zu machen. Oft steht Frieder schützend vor ihr, so dass, wie auch in diesem Fall, ihre Vorschläge möglichst nicht den Adressaten erreichen. Frieder ist ihr überhaupt Schutz und Schild, was Rita ihm liebevoll zugetan sein lässt, auch nach all den schier endlosen Jahren noch. Und dann donnert

Maximilian mit seinem Stuhl hinten gegen die Wand, schlägt mit dem Kinn gegen die Stuhlkante, fällt zusammen mit dem Stuhl um und die zwei Stufen zum Nebenraum hinunter, kurzes schockartiges Innehalten, dann markdurchdringendes Geschrei. Alle wenden sich dem Unfall zu, Rita eilt zu Hilfe, der Kellner serviert noch die letzten beiden Teller der Vorspeise, die, eben noch bewundert, nun unbeachtet vor allen stehen bleibt, und Johann lässt sich demonstrativ nicht aus der Ruhe bringen, bleibt unbeteiligt sitzen. Maximilian entwindet sich Ritas helfenden Händen, flieht zu Johann, nimmt auf seinem Schoß Platz, ein ganz leicht triumphierendes Lächeln huscht über sein Gesicht, seine Autorität scheint ihm wiederhergestellt. Der umgekippte Stuhl hingegen bleibt hinten im Raum wie ein Menetekel liegen.

Die Runde ihrerseits ist sehr bemüht, dem kleinen Unfall nicht zu lange Aufmerksamkeit zu widmen, und macht sich endlich über den nun schon beinahe etwas zu kühl gewordenen steirischen Vulkanschinkenstrudel her, was die Gespräche dämpft und die Situation in ein rhythmisches Klingen und Klirren von Messern und Gabeln hüllt.

– Großartig.

– Meinst du das Essen oder die kleine Show-Einlage gerade.

– Ich fand auch die Einlage sehr passend.
– Wir sollten mal auf unser Geburtstagskind anstoßen.
– Ich möchte euch aber dringend bitten, auf euren miserablen Gesang zu verzichten. Danke, dass ihr alle gekommen seid. (Mehr hatte ich im Grunde sowieso nicht zu sagen gehabt.)
– Na also, die Ansprache hast du jetzt doch noch sauber rübergebracht.
– Ganz ohne Unterbrechung, Respekt.
– Mit welchem Auto bist du hier? (Sam übernimmt die Schnittstelle zwischen Vergangenheit und Wirklichkeit und versucht eine Brücke zu schlagen.)
– Meine Frau hat das Auto, wir sind zu Fuß hier.
– Zu Fuß!?
– Siehst du, es gibt immer Alternativen.
– Von wo zu Fuß?
– Erst mit dem Zug und dann zu Fuß von Payerbach hier hoch.
– Wie lange geht man da?
– Wir haben uns Zeit gelassen, zwei Stunden etwa.
– Und dann ist der nicht müde?
– Wie du siehst, noch nicht richtig.
– …

Und während es allen schmeckt und man sich allgemein recht gut amüsiert, an manchen Teilen des Tisches sogar prächtig amüsiert, bereits zu so früher Stunde(!), steigt mir ein leises Leiden ins Gemüt. Der Tischkärtchen wegen. Ich hatte mir große Mühe gegeben, hatte tagelang verschiedene mögliche Sitzordnungen durchgespielt, musste alles wieder umwerfen und von neuem konzipieren, als die erste (und einzige) Absage eintraf, und jetzt sitze ich mit dem Rücken zur Wand, habe einen guten Blick auf die gesamte Runde, auch in den Saal, und alles amüsiert sich, ohne dass ich meine Tischkärtchen zum Einsatz gebracht habe. Tischkärtchen haben ja keinen besonders guten Ruf, sie gelten als spießig. Dabei gibt es Gründe, gute Gründe, mit Hilfe von Tischkärtchen einer Einladung einen gewissen Spin zu versetzen. Es ärgert mich, das kann ich nicht leugnen, dass ich mich von den Umständen habe überrumpeln lassen und darauf verzichtet habe, die Tischkärtchen aufzustellen. Wegen der Tischgesellschaft dort drüben. Derentwegen habe ich auf die Verwendung meiner Tischkärtchen verzichtet, nur um Johann die Möglichkeit zu geben, etwas geschützt, hinter dem Wandvorsprung, Platz zu nehmen, das hatte ich ursprünglich so nicht vorgesehen. Und so haben nicht meine Tischkärtchen, sondern die Tischgesellschaft dort drüben dem Abend seinen Spin verliehen. Und Maximilian mit seinem Stuhl. Mit beidem habe ich nicht gerechnet. Ungeübt eben. Das wurmt mich. Gehörig.

Vorsichtig drehe ich das Salatblatt, das zur Garnierung des steirischen Vulkanschinkenstrudels verwendet wurde, um. Das mache ich übrigens immer so, seitdem ich einmal einem Wurm im Salat begegnet bin. Seitdem drehe ich jedes Salatblatt um. Immerhin, die anderen, die Eingeladenen, sind guter Laune. Ich muss an der meinen noch arbeiten. Mich wurmt der zwar positive, aber doch sehr freihändige Verlauf. Ungeübte, und ich bin ja in Sachen Einladung ausgesprochen ungeübt, sind natürlich auch unbeweglich. Aus Mangel an Übung hängen sie gerne und verzweifelt an ihren Plänen, haben sie sich doch so viel Mühe mit diesen gemacht. Und so sinne auch ich traurig einer Ordnung nach, die nicht zustande gekommen ist. Die angestrebte Ordnung hätte eine Durchmischung vorgesehen. Jetzt durchmischt sich alles ganz ohne mein Zutun, ungeplant. Was sehr wahrscheinlich die Ursache für die gute Stimmung ist, wenn man von mir selbst mal absehen möchte.

Folgende Ordnung wäre geplant gewesen. Das wird jetzt ein bisschen theoretisch, entspricht aber meinen Überlegungen. Wer will, kann die folgenden Ausführungen überspringen und bei der Rauchpause wieder dazustoßen. Also: Gemäß meiner eigenen Theorie, und ich bin ein großer Freund meiner eigenen Theorien, kommt es auf den Anfang an. Alles wird immer so, wie es anfängt. Im Anfang, so meine Theorie, ist nämlich schon alles in verdichteter Form enthalten, was sich dann im weiteren Verlauf als das entfaltet, was mit dem Anfang angefangen hat. Demnach wäre alles, was sich nach dem Anfang ereignet, also jene auf einer langen Zeitleine aufgefädelten Ereignisse, im Anfang schon komplett enthalten, gewissermaßen in einem Punkt, nämlich einem Anfangspunkt, verdichtet, irgendwie komprimiert, zusammengerollt. Mit solchen Theorien habe ich schon so manche Bierrunde zum Schnaps getrieben. Bleibt nur die Frage nach dem Anfang. Wo ist der Anfang? Was ist der eigentliche, der tatsächliche Anfang? Schon beim ersten Versuch der praktischen Anwendung erweist sich so eine Theorie gerne mal als problematisch, was mich allerdings weder daran hindert, solche Theorien aufzustellen, noch daran, sie zu verbreiten. Ungeachtet dessen ist so ein Anfang aber schwer dingfest zu machen. War es jener Ausflug im Frühsommer, oder lag der Anfang möglicherweise schon früher, vielleicht damals, als ich Magda begegnet bin, oder noch früher, als ich meine Vergangenheit verließ, um mich einer neuen Wirklichkeit auszuliefern, oder noch früher, als ich mich das erste Mal weigerte, meinen Geburtstag zu feiern, und so dieses fatale »noch nie« in die Welt setzte? Wenn aber der Anfang nicht gültig zu definieren ist, im Anfang aber alles vorhanden sein soll, jedenfalls gemäß meiner Theorie, dann könnte alles der Anfang sein, und damit wäre dann in allem immer auch alles. Herrlich. Irgendeine Orientierung braucht der Mensch ja.

Als ich so über meiner Gästeliste gesessen bin, Streichungen und Ergänzungen vorgenommen habe, die Liste um diesen oder jenen Namen ergänzt oder gekürzt habe, da habe ich bei jedem Namen direkt körperlich gespürt, wie Magdas Temperatur stieg oder fiel, da hatte ich dann eine ziemlich verlässliche Orientierung für die Gästeliste. Man kann also sagen, die Gästeliste ist mit dem Thermometer geschrieben. Jetzt schlägt die Einladung eine Brücke zwischen dem Gewesenen und dem zu Ertragenden, so könnte man die Gästeliste bezeichnen. Wobei das Gewesene sich mit der verklärenden Erinnerung verbindet, dass man früher einmal so einen Blick auf die Welt hatte, der stets deren Absurdität herauszuschälen vermochte, und unter dem zu Ertragenden ist gemeint, dass es nicht gelungen ist, diesen Blick durchzuhalten.

Hätte ich einfach nur Geburtstag feiern wollen, dann wäre ich wahrscheinlich mit Hans oder mit Heiner oder mit Anton in irgendeiner Eckkneipe gelandet, der Geburtstag wäre kein Thema gewesen, stattdessen die

Absurdität der Welt. Weil die Welt ja bekanntlich ein seltsamer Ort ist, was in Eckkneipen besonders deutlich betrachtet und genossen werden kann, böte einzig und allein eine Eckkneipe den passenden Rahmen für diesen Anlass. Und ich hätte bei meiner Behauptung bleiben können, noch nie meinen Geburtstag gefeiert zu haben. Zurück zur Einladung. Vergangenheit und Wirklichkeit. Das musste in eine Bezüglichkeit gebracht werden, wofür die Tischkärtchen ein sehr bewährtes Instrument gewesen wären. Meine heimliche Wirklichkeit heißt übrigens »Zum Klaus«. Das ist die Eckkneipe unten am Eck. Das ist meine heimliche Parallel-Wirklichkeit. Klaus, ein Mann von ausgeprägtem Widerwillen und gepflegter Lethargie, betreibt die Kneipe zusammen mit seiner chinesischen Frau. Sie haben zwei Kinder, elf und zwölf, und einen Hund. Als Rasse ist es ein Kampfhund, als Hund ist es ein unendlich geduldiges Schmusetier. So verschmust, dass man eigentlich von einem Kampfschmuser sprechen muss. Und sie wohnen auch dort, in einem kleinen Nebenraum hinter der Küche. Dort gibt es ein großes Bett und noch eins darüber, Klaus schläft oben, die Mutter mit den Kindern und dem Hund unten. Diese Konstruktion hat den Vorteil, dass die Kneipe eigentlich immer geöffnet hat. Weil immer jemand da ist. Wenn die Kinder in die Schule müssen, dann bekommt, wer will, auch schon um sieben Uhr früh einen Kaffee, oder anders, wenn in der Nacht noch ein Eishockeyspiel in Kanada im Fernsehen läuft, dann ist die Kneipe auch um drei Uhr nachts noch geöffnet. Entsprechend ist das Publikum sehr überschaubar, aber stabil, zwei oder drei sind in den letzten Jahren weggestorben, je nachdem, wie man es rechnet. Alles Stammgäste, nur selten verirren sich auch mal Unkundige dorthin. Das ist meine Wirklichkeit. Zuweilen hilft mir Klaus mit einer Zitrone aus, ich bezahle unregelmäßig, meist wöchentlich, selten unmittelbar. Da kann ich vielleicht mit Hans oder mit Heiner oder mit Anton hingehen, aber ansonsten ist meine Wirklichkeit schwer zu vermitteln.

Zurück zur Ordnung. Auf der einen Seite also meine Vergangenheit, meine Geschichte, ein ziemlich homogener Block, eine Einheit. Auf der anderen Seite ein aufgeregtes Durcheinander. Die monolithische Vergangenheit gegenüber der multiplen Wirklichkeit. Mit den Tischkärtchen hätte ich das zu durchmischen versucht. Nur nebenbei, diese zumindest zu hinterfragende Begrifflichkeit von »Vergangenheit« und »Wirklichkeit« hat sich bei mir schon im Hochsommer herausgebildet, als ich damit begonnen habe, mich mit der Einladung zu befassen und erste Gästelisten aufzustellen. Damals, bei brütender Hitze, trug ich eine noch provisorische Gästeliste in der Gesäßtasche meiner Sommerhose mit mir herum, nach längerem Sitzen ist die natürlich durch den Schweiß vollkommen aufgeweicht, die Namen haben sich aufgelöst, sind ineinander verschwommen, manche bis zur Unkenntlichkeit, und die im Schweiß aufgelöste Liste hat sich so deutlich und irreversibel im Stoff der Hose abgedruckt, dass sie nicht mehr zu gebrauchen war. Ich mochte sie, habe sie gern getragen. Spätestens da hätte mir eigentlich auffallen müssen, dass eine solche Unterscheidung zwischen Vergangenheit und Wirklichkeit wenig hilfreich ist. Aber ich bin dabei geblieben. Wie schon erwähnt, neigen Ungeübte dazu, sich in etwas zu verbeißen. Ich bleibe also dabei, und so ist mir die Wirklichkeit eine ständige Drohung von Überraschungen, wohingegen ich mich bei der Vergangenheit auf der sicheren Seite wähne. Die ist einfach nur gewesen, jedenfalls so lange, bis sie auf die Wirklichkeit trifft. Dann muss sie sich rechtfertigen und stellt wilde Verrenkungen an.

Es ist gut geheizt, draußen schneit es, und die Gespräche um mich herum taumeln durchs Nichts, ganz ohne mein Zutun. Kommen wir also zu der Liste. Arnold und Anna, die beiden Freunde vom Ausflug im Frühsommer, Fixstarter. Johann, schon wegen seines provokativen Talents, das kann man bei jeder Einladung gut gebrauchen, und Marie, seine neue, junge Frau. Maximilian hatte ich in meinen Überlegungen nicht berücksichtigt, was sich dann schnell als fahrlässig herausstellen sollte. Außerdem, und das ist kein ganz unwesentlicher Nebenaspekt, ist Johann Nachfahre. Alle anderen hier haben einfach nur Eltern, von denen manche noch leben, manche nur noch in Teilen, wieder andere gar nicht mehr. Johann hingegen ist Nachfahre. Er hat nicht einfach Eltern, er hat Vorfahren. Das ist schon was, dem sitzt eine ganze Familiengeschichte im Genick. Wer Vorfahren hat, der wird natürlich von denen als Nachfahre in die Pflicht genommen. Er ist sozusagen historisch eingebettet. Er ist ein Nachfahre von Persönlichkeiten, die Einfluss hatten und bei Wikipedia zu finden sind, manche sogar auch noch in einem klassischen Lexikon. Der Mann hat also ein Erbe zu tragen. Übrigens sein Sohn auch schon. Das merkt man dem Verhältnis der beiden an. Und dann Pavel, seit kurzem verwitwet und ein sehr guter Erzähler, obendrein Tscheche und damit gewissermaßen unentbehrlich für so eine Einladung. Und weil er nicht der Einzige sein sollte, der alleine anreisen muss, war auch noch Hartmut eingeladen. Der hat aber abgesagt, und Pavel kam stattdessen mit Vera. Dass er sich so kurz nach dem

Tod seiner Frau wieder verbunden hat, macht ihn gleich zu einem wertvollen Gast. Und dann natürlich noch die Delegation aus der Vergangenheit, also die Gäste, die ich heute Morgen vom Flughafen abgeholt und in dem engen Siebensitzer hierhergebracht habe. Nachdem ich endlich die Gästeliste einigermaßen beisammenhatte, war ich tagelang mit der Sitzordnung beschäftigt.

So manche Nacht bin ich bis in die frühen Morgenstunden dagesessen und habe getüftelt und und immer wieder aufs Neue versucht, mit den Tischkärtchen diese beiden Leben, also Magdas und das meinige, die Wirklichkeit und die Vergangenheit, übereinanderzubringen, zu verknüpfen. Oft wollte ich mich schon der Verzweiflung hingeben, habe mich dann aber doch entschlossen, lieber müde zu sein und mich neben Magda ins Bett zu legen.

Rauchpause. Überhaupt, das Rauchen. Genau wie das Rauchverbot auch. Im Grunde macht es keinen Unterschied. Haben früher die Raucher noch jede Gesellschaft in Dunstwolken und Gemütlichkeit getaucht, so stehen sie heute eben in der Raucherecke und sorgen von dort aus für das Interessante einer gesellschaftlichen Zusammenkunft. Das Rauchverbot erschafft kleine Gesprächszirkel vor der Tür, ein wenig abseits der Gesellschaft, mit denen aber jede Gesellschaft ein ganz eigenes Bewegungsmuster bekommt. Das Rauchen wie auch das Rauchverbot sind wichtig. In regelmäßigen Abständen versammeln sich die letzten verbliebenen Raucher an einem mit Outdoor-Aschenbechern definierten Ort, etwas abseits, ein bisschen schamhaft immer, dort rücken sie dann, durch gesetzliche Bestimmungen begründet, eng zusammen und sind zu Gesprächen gezwungen. Der Raucher, gerade auch der verbotene, der verbannte Raucher, ist und bleibt ein notwendiger Bestandteil von Zusammenkünften. Auf diese Weise wird so eine Zusammenkunft immer wieder aufgebrochen, in einen Rhythmus versetzt, aufgeladen könnte man sagen, ein oder zwei Raucher genügen vollkommen, um aus dem Outdoor-Aschenbecher einen pulsierenden Ort zu machen. Das Rauchverhalten mag sich verändert haben, nicht aber die Bedeutung des Rauchens.

Johann ist Raucher, einer der wenigen übriggebliebenen, aber im Moment kommt er noch nicht an der kleinen Tischgesellschaft mit seiner Affäre, seinem unehelichen Sohn und dem Ahnungslosen vorbei. Dafür aber finden sich immer wieder Leute vom Personal des Hauses hier ein. Arnold ist der Erste, der erscheint, das war zu erwarten. Magda leistet ihm Gesellschaft, Sam hinterher, obwohl der gar nicht mehr raucht, schon lange nicht mehr. Früher hat er viel geraucht. Sams Wohnung war bekannt für diesen beißenden Geruch von kaltem Rauch. Legendär. Heute raucht er nicht mehr. Es raucht heutzutage ja kaum noch jemand. Praktisch niemand. Was wurde früher Sams Bude zugequalmt. Er brauchte nur zwei oder drei Gäste zu haben, nach einer halben Stunde konnte man sich oberhalb der Tischkante kaum noch erkennen. An manchen Tagen schaffte er das auch ganz allein. Vorbei. Die Delegation aus der Vergangenheit besteht übrigens vollständig aus ehemaligen Rauchern. Trotzdem kommt so mancher gern heraus in die Raucherecke. Schon weil hier draußen die Fußnoten zu den Gesprächen drinnen gesprochen werden. Natürlich über die, die gerade nicht draußen, sondern drinnen sind. Außerdem versteht man hier draußen zumindest sein eigenes Wort, drinnen hat Maximilian, nachdem er sich von dem Schlag ans Kinn wieder erholt hatte, gleich wieder mit seinem ohrenbetäubenden Radau angefangen.

– Zu Fuß?

– Tatsächlich zu Fuß?

– Hat er gesagt.

– Da müsste der doch müde sein.

– Hab ich auch gesagt.

In dem Moment stößt der Kellner dazu.

– Haben Sie Feuer für mich?
– Selbstverständlich.
– Magst du auch eine?
– Danke nein.
– Die Vorspeise war übrigens ausgezeichnet.
– Ich werd's dem Koch ausrichten.
– Arbeiten Sie schon lange hier?
– Ich gehör schon zum Inventar. Ich hab sogar noch die alte Frau Wurdak gekannt.
– Aha.
– Das war die, die was das Haus damals gekauft hat. 1959. Die hat z'erst gar nicht g'wusst, was sie sich da unter'n Nagel g'rissen hat.
– Ja. Ein Meisterwerk.
– Ein Spätwerk.
– Ein spätes Meisterwerk.
– Es hat schon Mängel auch.
– Na ja, es war ja auch als Privathaus gedacht, nicht als Gästehaus.
– Das ist es jetzt aber schon die längste Zeit. Wen ich hier schon alles erlebt hab, Sie machen sich keine Vorstellung.
– Man kann es sich vorstellen.
– So schön abgelegen, wie es hier liegt. Da kann man sich schon vorstellen, wenn man bekannt ist, dass

man in bestimmten Situationen …

– An was du wieder denkst.

– Ja, da san's scho auf der richtigen Spur, Gnädigste.

– …

Der Outdoor-Aschenbecher steht an der oberen Hausecke und ist schon übervoll. Obwohl es sehr kalt hier draußen ist. Außerdem schneit es. Direkt über der Raucherecke ist das Fenster eines der Gästezimmer. Das ist kein gutes Zimmer, so direkt über der Raucherecke. Die kleine Familie, die Johann um ein Haar den Abend verdorben hätte, noch bevor er überhaupt angefangen hat, die sind dort untergebracht. Die werden heute sicher nicht mehr abreisen, schon wegen des Schneefalls, auch sie werden heute hier übernachten, wie alle anderen auch, allerdings direkt über der Raucherecke. Das Zimmer liegt ein bisschen ungünstig. Das Fenster von diesem Gästezimmer wird man jedenfalls nicht öffnen können. Sonst zieht gleich kalter Zigarettenrauch ins Zimmer, unangenehm. Da fährt man stundenlang, um hier oben die klare, frische Bergluft und die Ruhe zu genießen, und dann muss man das Fenster geschlossen halten. Außerdem wird Johann, der ehemalige Liebhaber und jetzt gehasste Ehemalige, häufig dort in der Raucherecke in lockerem Ton bei einer Zigarette unter dem Fenster seiner ehemaligen Affäre plaudern. Das wird sie nicht hören wollen. Das ist kein gutes Zimmer.

Die Raucher, wie übrigens die Nichtraucher auch, die gehen ja einerseits hinaus in die Raucherecke, und andererseits kommen sie wieder herein, müssen also sowohl auf dem Weg nach draußen als auch auf dem Weg zurück an ihren Platz den Raum durchqueren und dabei an dieser kleinen, aber unbedingt feindlich gesinnten Tischgesellschaft dort drüben vorbei. Zweimal. Auf dem Weg hinaus und auf dem Weg zurück. Das macht es Johann derzeit noch ein bisschen schwer, seiner Gewohnheit und Leidenschaft zu folgen. Er müsste jeweils an seiner Affäre vorbei, zu riskant, schließlich will er meine Einladung, bei der er ja nur Gast ist, nicht gleich durch einen Skandal sprengen. Außer ihm, und seit der Szene auf dem Parkplatz natürlich auch mir, weiß ja niemand von der Konstellation am Nebentisch. Trotzdem liegt eine gewisse Spannung im Raum. Spürbar. Das wird deutlich, als Sam aus der Raucherecke zurückkehrend und auf dem Weg zu seinem Platz an dem Tisch der kleinen Tischgesellschaft dort drüben vorbeikommt und genau in dem Moment ihr, also Johanns ehemaliger Affäre, das Salatblatt, das ausgiebig mit steirischem Kernöl getränkt ist, auf dem Weg zum Mund von der Gabel fällt. Aber nicht etwa zurück auf den Teller, nein, es fällt ihr auf den Rock. Auf ihren Rock! Ein offensichtlich teures Stück aus hellem Wollstoff. Von der Gabel auf den Rock, das Salatblatt, voll mit steirischem Kürbiskernöl. Und das nicht ohne vorher an der von ihrem Busen weit nach vorne getragenen hellen Bluse vorbeizustreifen. Kernöl. Auf Bluse und Rock. Auf heller Bluse und hellem Rock. Eine solche Spannung liegt hier im Raum. Dabei war Johann noch nicht einmal involviert. Es hat also gar keinen Grund für eine solche Nervosität ihrerseits gegeben. Keiner hier kennt ja die Umstände. Nicht einmal ihr Mann, der Ahnungslose, kennt die Umstände. Die sofort einsetzende Hektik hilft jetzt auch nichts mehr. Der Schaden ist da und immens. Aber noch bevor sie aufstehen kann, um sich auf ihrem Zimmer, jenem über der Raucherecke, umzuziehen, kommt Marie.

Was für ein Auftritt. Französin. Aus den Kolonien. Schön, groß, atemberaubend. Was für ein Auftritt! Sogar die Luft im Raum scheint den Atem anzuhalten. So etwas hat man hier in den Bergen noch nicht gesehen. Sogar Johann ist beim Anblick seiner Marie, seiner Frau, verzückt sprachlos. Für einen Moment kann man erleben, was Schönheit anrichten kann. Wie sie ihre ersten Schritte in diesen Raum setzt, das hätte der weltberühmte und längst verstorbene Architekt dieses Kulturjuwels noch erleben müssen, er wäre es zufrieden gewesen. Marie adelt gewissermaßen diesen Raum, wie sie überhaupt jede Szene, in die sie eintritt, adelt. Ihre Bewegungen sind geschmeidig und vollkommen natürlich, ihr Blick ist wach, neugierig, fast kindlich, sie trägt keine Mode, nicht nötig, hätte der Kellner Teller in der Hand gehabt, sie wären unweigerlich zu Boden gefallen. Nein, sie inszeniert ihren Auftritt nicht, keineswegs, aber sie genießt ihn, das schon. Alle anderen hingegen fühlen sich in ihrer Gebanntheit etwas unwohl, befangen, beklemmt. Magda ist die Erste, die die allgemeine Erstarrung durchbricht und Marie zuwinkt. Jetzt entdeckt Marie auch Johann, der leicht versteckt hinter der Säule sitzt, der kleine Maximilian ist inzwischen unter dem Tisch verschwunden. Als sie auf Magda zugeht, muss auch sie an der kleinen Tischgesellschaft vorbei, hat aber, genau wie alle anderen, nicht die geringste Ahnung, wem sie da gerade vorführt, zu welchen Eroberungen der von dort so intensiv juristisch verfolgte Johann noch fähig ist.

Es ist anzunehmen, dass Johann ihr von seinen früheren Eskapaden zwar berichtet haben wird, aber die Personen dazu kennt sie nicht von Angesicht zu Angesicht. Sie kennt weder den Sohn ihres Mannes noch dessen Mutter, geschweige denn die ganze Familie. Und die kennen sie natürlich auch nicht. Was sich nun gerade ändert.

Der kleine Maximilian hat natürlich den Stuhl, den er mit viel Getöse und Radau ins hinterste Eck des Raumes verschoben hat, nicht wieder zurückgebracht. Der liegt noch immer umgestürzt dort hinten und gemahnt daran, dass Maximilian jederzeit bereit ist, den Raum in Unordnung zu versetzen und bei Bedarf die gediegene Einladung nach Belieben zu sprengen. Im Moment kauert er aber noch unter dem Tisch. Wahrscheinlich alterstypische Spielchen, wohl um der Mutter zu demonstrieren, dass er ganz und gar nicht damit einverstanden ist, ständig von ihr allein gelassen zu werden. Irgendwas in der Art, vermute ich. Aber ungeachtet aller Erklärungen fehlt ein Stuhl. Marie steht. Erst ein solch grandioser Auftritt und dann auf diese Art und Weise buchstäblich stehen gelassen. Unangenehm. Sogar die Affäre vom Nebentisch bleibt gebannt sitzen, wo sie doch eigentlich auf ihr Zimmer gehen wollte, um den völlig verschmutzten, ja tatsächlich ruinierten Rock zu wechseln. Nein, sie bleibt sitzen, verfolgt die Szene, steht nicht auf, um sich umzuziehen, trotz des schwer besudelten hellen Kostüms.

Der eigene Sohn flieht unter den Tisch, der Gatte trägt ein abwartendes Lächeln, der Gastgeber ist hinten an der Wand mehr oder weniger eingeklemmt, und der Kellner steht noch immer mit offenem Mund hinterm Tresen. Was für ein Auftritt und welch unwürdiges Ankommen. Hätte man ihren Gang durch den Raum gerne noch länger genossen, so unerträglich ist jetzt ihr schmähliches Ankommen, ihr hilfloses Stehen. Wohl nicht nur sie selbst hätte sich jetzt zumindest eine rührende Mutter-Sohn-Begrüßung erhofft, wie erleichternd und bewegend wäre es jetzt gewesen, wenn die von langer Geschäftsreise zurückkehrende Mutter ihren geliebten Sprössling wieder in die Arme hätte schließen können, wie hätte eine solche Begrüßung den Gang durch den Raum vollendet.

Aber Maximilian ist auch auf nachdrücklichen Zuruf nicht unterm Tisch hervorzulocken. Johann hat den Moment verpasst. Er fürchtete zu früh, in die allgemeine Bewunderung seiner Gattin hinein aufzustehen, das wäre ihm devot vorgekommen. Jetzt ist es zu spät, jetzt würde es ihm wie eine peinliche Entschuldigung vorkommen. Er kämpft noch immer mit seiner Autorität. Also bleibt er sitzen. Marie steht. Es ist dann Frieder, der schließlich reagiert und ihr einen Stuhl bringt. Endlich hat Marie ihren Stuhl. Frieder stellt sich vor, man kennt sich ja noch nicht, Marie bedankt sich, Rita blickt vielfragend, Johann irritiert, und plötzlich schießt Maximilian unter dem Tisch hervor und erobert blitzartig den Stuhl, den Frieder soeben so umsichtig und höflich herbeigeschafft hat. Quasi aus dem Nichts, das Tischtuch hat sich nicht einmal bewegt, Marie hatte keine Chance. Als hätte er dort unter dem Tisch genau auf diesen Moment gelauert. Mit seinen gerade einmal drei Jahren zeigt Maximilian eine derart kaltschnäuzige Präzision, dass dem Betrachter für die Zukunft der Schrecken in die Glieder fahren möchte. Oder Stolz und Zuversicht ihn erfüllen mögen, je nachdem, welchen Vorstellungen von Zukunft man zuneigt. Es ist übrigens strittig, wie viel Kinder im Alter von drei oder vier Jahren schon von ihrer Umwelt mitbekommen und dann auch zielgerichtet, nahezu strategisch einsetzen. Inwieweit Maximilian also zielstrebig den Stuhl, der für seine Mama gedacht war, vorhin entfernt hat und mit viel Getöse und Radau durch den ganzen Raum ins hinterste Eck verschoben hat, wo er jetzt umgestürzt liegt, das wird wohl nicht zu klären sein. Unstrittig dürfte allerdings sein, dass er jetzt mit klarem und kaltem Verstand den endlich für Marie herbeigeschafften Stuhl besetzt, um ihn seiner Mutter zu verwehren. Davon zeugt schon sein triumphierendes Gebaren. Es ist wohl davon auszugehen, dass Kinder vor allem unterschätzt werden.

Für den Bruchteil einer Sekunde ist die Szene wie eingefroren. Frieder hält noch immer Maries Hand, Sam hält in dem Versuch inne, sich Wein nachzuschenken, und natürlich der Kellner, gerade erst hat er seinen Mund wieder zubekommen und ein neues Gedeck für Marie auftragen wollen, da hält er schon wieder den Atem an. Und Maximilian thront mit seinen lieblichen blonden Locken auf Maries Stuhl. Jeder kann sehen, dass man ihn von dem Stuhl nicht wieder herunterbekommen wird. Marie geht. Sie geht nicht mehr so, wie sie gekommen ist. Sie geht einfach. Und jetzt kommt, viel zu spät, Bewegung in die Runde.

– Lasst uns ein bisschen zusammenrücken.

Allgemeines Zusammenrücken beginnt. Lediglich Johann und Maximilian bleiben unverrückbar sitzen.

– Oh, das bringt Unglück, hier ist das Tischbein.

– Dann rück halt noch ein Stück.

– Ist das dein Glas?

– Nein, das hier.

– Der ist gut, der Wein.

– Sehr gut.

– Das können sie inzwischen. Findest du nicht?

– Was willst du damit sagen?

– Nichts. Nur, dass der Wein gut ist.

– Ich habe erst ein Glas getrunken.

– Ich hab ja nichts gesagt.

– Könnt ihr noch ein Stückchen zusammenrücken, dass wir hier noch Platz für ein Gedeck haben?

– Du kannst so viel trinken, wie du willst.

– Wo ist sie hingegangen?

– Sicher nur auf die Toilette. (Das war natürlich Konrad, der am oberen Kopfende nicht rücken musste und in Ruhe die Sache beobachten konnte.)

– …

Dass Konrad übrigens immerzu bemüht ist, den Überblick zu behalten, hat seine Gründe. Auch wenn die Gründe schon jahrelang zurückliegen, sind sie immer noch wirksam. Damals hat Konrad einmal für eine kurze Zeit den Überblick verloren. Seitdem bemüht er sich, ihn zu behalten. Er war damals mit einer Kommunistin zusammengekommen. Das heißt, zuerst sind sie aneinandergeraten, und dann sind sie zusammengekommen. Eine harmlose Geschichte. Konrad war mit dem Fahrrad unterwegs, als sie ihm direkt in den Weg gelaufen ist. Beinahe hätte er sie mit seinem Fahrrad umgefahren. Beinahe. Lediglich ihre Tasche kam zu Fall. Um ihr den Schreck zu kompensieren, hat er sie dann auf eine Tasse Kaffee an der Ecke eingeladen. Im Grunde war es sein eigener Schreck, den er kompensieren musste. So sind sie aneinandergeraten. Es ging dann natürlich um Gerechtigkeit beziehungsweise um Ungerechtigkeit. Das ist klar. So eine Kommunistin war übrigens zu der Zeit eine ausgesprochene Seltenheit, inzwischen sind sie möglicherweise wieder etwas häufiger zu finden, aber damals, vor Jahren, waren Kommunistinnen sehr selten. Auf Gerechtigkeit als solche konnte man sich schnell einigen, schwieriger war es dann schon bei der Frage, was denn gerecht wäre. Möglicherweise deshalb oder weil Konrad mit seiner Erfahrung punkten wollte oder einfach nur, weil der Kaffee ausgetrunken war, hat er noch darauf hingewiesen, dass Gerechtigkeit als Ziel einerseits zwar eine Selbstverständlichkeit sei, andererseits aber unerreichbar. Dass eine solche Bemerkung der Diskussionsfreude einer jungen Kommunistin kein Ende setzen würde, das lässt sich leicht vorstellen. Und weil neben der Gerechtigkeit einem jungen Menschen auch der Körper noch nah und daher gerne auch ein Argument ist, verwendete sie, um der Ungerechtigkeit ein Beispiel zu geben, den Körper als Metapher, verwies darauf, dass er als Mann viel kräftiger sei … Da wurde Konrad dann schwach. Weil er sich aber nicht auskannte, hat er übersehen, dass es da noch einen Sektionsleiter gab, und so kam es zu einer Enttäuschung. Danach wollte er sich mit einer Betriebswirtschaftlerin aus der Marketingabteilung trösten, was natürlich eine noch viel größere Enttäuschung war. So war ihm der ganze Spaß an der Sache verdorben, und seitdem ist Konrad sehr darum bemüht, den Überblick zu behalten. Der Vorfall wird von Judith von Zeit zu Zeit gerne herangezogen, um die Dinge in eine von ihr gewünschte Richtung zu lenken.

Johann ist sich nicht so sicher, dass Marie nur auf die Toilette gegangen ist. Er hält es auch durchaus für möglich, dass sie trotz der widrigen Witterungsverhältnisse, der vorgerückten Stunde und der Abgelegenheit des Ortes versuchen wird, ebendiesen wieder zu verlassen. Sie hat ja das Auto. Wahrscheinlich ist es die Aussicht, morgen den weiten Rückweg abermals zu Fuß antreten zu müssen, die Johann nun in Bewegung bringt. Er beugt sich zu Maximilian und informiert ihn kurz: »Du bleibst hier schön sitzen, Papi geht jetzt schauen, wo die Mami ist.« Wie auf Knopfdruck fängt dieser an zu schreien und kreischt ein langgezogenes »NEIN!!!« in den Raum. Es muss unklar bleiben, ob Maximilian damit das Zurückholen von Marie meint oder das Zurückgelassen-Werden durch Johann. Das markerschütternde »Nein« war, auch ohne dass man genau wusste, auf was es sich beziehen wollte, markerschütternd. Er springt jedenfalls von dem so triumphal eroberten Stuhl auf, schiebt nun auch diesen durch den ganzen Raum, hinüber zu dem anderen, der noch immer am Boden liegt, und begleitet diese Prozession mit seinem gellenden »Nein«, das er mit erstaunlicher Lungenkraft bis dort hinten durchhält.

Das untere Ende des Tisches will einfach nicht so recht zur Ruhe kommen. Wahrscheinlich hätten eben doch die Tischkärtchen dazu beitragen können, die Sache zu entflechten. Die Wirklichkeit, hier am unteren Ende des Tisches, ist nach wie vor in Aufruhr, die Vergangenheit dort oben, widmet sich bereits den Themen mit der ganz großen Spannweite. Krisen, Gesellschaft, das Früher, Autos ... Insbesondere beim Thema Auto ist eine gewisse Traurigkeit die bestimmende Tonlage. Dabei ist es weniger die Traurigkeit darüber, dass etwas weg ist, worüber man sich einmal gefreut hat, als vielmehr, dass die Freude selbst verschwunden ist. Wie ja überhaupt so ein Geburtstag dazu dient, Jahr für Jahr eine andere Freude zu Grabe zu tragen. Die Freude über das Auto, über Autos ganz allgemein war ja schon länger gröberen Anfeindungen ausgesetzt, inzwischen ist aber das Auto selbst der größte Feind einer Freude über das Auto geworden. Es liegt wahrscheinlich im Wesen der Freude, dass sie früher oder später als infantil, kindisch oder albern entlarvt wird, dann landet sie, wenn sie überhaupt überlebt, im Hobbykeller.

In meiner Unerfahrenheit biete ich dann auch noch Johann an, dass ich nach Marie Ausschau halten könnte, so dass er, Johann, sich um Maximilian kümmern könne. Gut gemeint, letztlich aber doch nur eine weitere Attacke auf Johanns Autorität. Das muss für ihn klingen, als sei ich der Auffassung, er wäre mit seiner Familie überfordert. Überfordert ist hier aber nur einer: Ich mit meiner Einladung. Das entschuldigt auch nicht mehr der Hinweis auf meine Unerfahrenheit.

Auf der Suche nach Marie muss Johann an der kleinen Tischgesellschaft vorbei, wo ihn ein giftiges Zischen begrüßt.

– Wie kommst du denn hierher?

– Das Gleiche könnte ich dich auch fragen.

– Möchtest du uns nicht vorstellen? (Mischt sich nun auch der Ahnungslose ein.)

– Nein, möchte ich nicht.

– Dann darf ich mich …

– Darfst du nicht!

– Wer ist das?

– Du kannst dich schon mal auf den nächsten Brief von meinem Anwalt freuen.

– Gut, ich freu mich.

– Bitte, wer ist das?

– Erklär ich dir später.

In dem Moment kommt Marie wieder zur Tür herein. Sie war tatsächlich nur auf der Toilette.

– Darf ich vorstellen, Marie, meine Frau …

– Denk nicht einmal dran.

– Das ist …

– Denk nicht einmal dran!

– Mein Name ist Horst. (Ahnungslos, wie der Ahnungslose nun mal ist, versucht dieser wenigstens die Konvention zu wahren.)

– Setz dich!!

– Umgangsformen waren immer schon dein Problem.

– Wer ist das? Wer sind Sie?

– Mein Name ist Johann, ich bin …

– (Und nun erhebt sie ihre Stimme zu einer Lautstärke, die selbst den kleinen Maximilian dort hinten deutlich übertrifft.) Schwing deinen Arsch da rüber und lass dich hier nie wieder blicken!

– Es wird wohl besser sein, Sie lassen sich das von Ihrer Frau erklären. Schönen Abend noch.

Die letzten Teller der Vorspeise werden von einer attraktiven jungen Person, die dem Kellner neuerdings zur Hand geht, abserviert, wahrscheinlich wurde sie von der außergewöhnlichen Lautstärke im Gastraum angelockt. Die letzte Szene war laut und pikant genug, um davon ausgehen zu können, dass hinten in der Küche bereits getuschelt wurde. Es wird also die pure Neugierde und Sensationslust gewesen sein, die das Serviceangebot erweitert hat. Vielleicht war es auch Frieder, der die neue attraktive Servierkraft aus der Deckung gelockt hat, denn soeben beugt sie sich tief über den Tisch, direkt vor Frieder, ein bisschen zu tief für ihre knapp bemessene weiße Bluse, nur um dort den letzten Teller der Vorspeise abzuservieren. Er hingegen betrachtet Pavels frisches Glück. Dass Frieder so schauen kann, das ist mir neu. Ein solches Schauen ist mir bei Frieder noch nie aufgefallen. Dabei können einem leicht die Gedanken über das eigene Leben ein wenig durcheinandergeraten. Meine Güte, was hat man nicht alles verpasst. Rita hält Frieder ihr leeres Glas unter die Nase, er greift zur Weinflasche, die übrigens deutlich näher bei Rita steht als bei ihm, und schenkt ihr nach. Rita, ins Gespräch mit Helene vertieft, bemerkt spitz, dass sie eigentlich Wasser haben wollte, nicht Wein. Ob sie das tatsächlich gesagt hat und Frieder es wegen des nach wie vor ungeminderten Lärms von Maximilian dem Kleinen nicht gehört hat oder ob sie es nur gemeint hat, muss ungeklärt bleiben. Frieder kehrt zu seinem Schauen zurück, in dessen Fokus sich nach wie vor Pavel sehr um Vera bemüht. Mein Gott, was hat man nicht alles verpasst. Insgesamt ist es aber weniger das Trauern um das Verpasste als vielmehr die Erleichterung, das Verpasste nicht auch noch erlebt haben zu müssen. Die neue Servierkraft hält sich auffällig häufig in Frieders Nähe auf, soeben stellt sie eine weitere Flasche Wein auf den Tisch, direkt vor ihn, obwohl hier sichtlich noch kein Bedarf an frischem Wein besteht. Auch wenn sich die Servierkraft alle Mühe gibt, Frieder ist ein begnadeter Ignorant, er ist gewissermaßen ein Ketzer, wenn man als die Religion unserer Zeit das Vermarkten von Reizen verstehen will.

Und plötzlich schrecke ich aus meinem Gedankenkarussell auf, denn während auf dieser Seite locker geplaudert wird, ist es auf der anderen Seite auffällig ruhig. Da ist man als Gastgeber dann unruhig. Ein Wort zu wenig, Alarm! Die Gäste könnten sich langweilen. Ein Wort zu viel, Alarm!! Die Gäste könnten sich auf die Nerven gehen. Als ungeübter Gastgeber, wie ich nun mal einer bin, ist alles ein Alarmzeichen. Judith schaut auf ihre Uhr, Rita greift in ihr Täschchen, Johann kaut auf einem Zahnstocher herum, Konrad sitzt da und schweigt, Arnold geht schon wieder in die Raucherecke, Helene ist schon beim dritten Glas, das sind alles untrügliche Alarmzeichen.

Frieder bleibt von all diesen Alarmzeichen unbeeindruckt und bei seinem Gesichtsausdruck. Nun, Frieder hat ja auch gut lachen, denn früher, als man grundsätzlich noch jünger war, da zählten vielleicht Erlebnisse, heute hingegen zählt das Erlebte. Oder anders gesagt, die Servierkraft wäre vielleicht ein Erlebnis, Rita hingegen ist das Erlebte. Deshalb kann sich die Servierkraft bemühen, wie sie will, Frieders Aufmerksamkeit gilt Pavels Bemühen um Vera, obwohl der auch schon lange nicht mehr grundsätzlich jünger ist, im Gegenteil, aber es dürfte wohl Veras Vorstellung sein, die Pavel keine andere Wahl lässt, als sich zu bemühen. Das ist immerhin ihr erster gemeinsamer Ausflug. Erst vor zwei Wochen stand Pavel mit Freunden und Bekannten, mit Familie und Verwandten am Grab seiner Frau, und schon heute kommt er mit Vera. Man muss sagen, er hat sich anständig verhalten. Pavel hat gewartet, blieb bei seiner Frau, bis zum Schluss. Das ist schon anständig. Sie hätte es zu ihren eigenen Lebzeiten nicht gerne gesehen, dass sich Vera so an Pavels Seite schmiegt. Jetzt, da sie tot ist, kann er sagen, sie habe gewollt, dass er nicht alleine bleiben soll, dass Vera die Richtige für ihn sei. Und so muss sich Pavel eben noch ein bisschen um Vera bemühen, kümmern. Und dann hat Frieder wohl genug geschaut, denn unvermittelt steht er auf und geht ebenfalls hinaus in die Raucherecke, obwohl er gar nicht raucht, also nicht mehr raucht. Da gehen bei mir natürlich sofort wieder alle Alarmsignale an, denn es kann ja ohne weiteres sein, dass ich als Gastgeber meinen Pflichten nicht in ausreichendem Maße nachgekommen bin, die beispielsweise darin bestanden haben könnten, eine Konversation zwischen Pavel, Vera und Frieder einzuleiten. Stattdessen habe ich einfach nur zugesehen, wie Frieder zuschaut, wie Pavel sich bemüht. Und habe mir meine Gedanken gemacht. Gedanken über das Begegnen von Wirklichkeit und Vergangenheit. Die eine, immer voller Unwägbarkeiten und Unruhe, ständig in Bewegung und die andere einfach nur gewesen. Die Vergangenheit war immer schon so. Die ist einfach nur gewesen, Erinnerung. Erst im Zusammentreffen mit der Wirklichkeit will sie dauernd neu interpretiert werden. Nun ist auch noch Magda hinausgegangen.

– Es schneit noch immer.

Eine kleine, aber sehr ergiebige und entspannende Gesprächspause mischt sich in das Gespräch ein.

– Der Schneefall ist sogar stärker geworden.

Eine weitere Pause, die sogar noch ergiebiger als die erste ist, unterstreicht das Gesagte.

– Totenstill hier oben.

– Kann man von drinnen nicht sagen.

– Hier draußen jedenfalls, die reinste Idylle.

Und noch eine Pause ist erforderlich, um der nächtlichen Stimmung vor dem Holzhaus, diesem architektonischen Kleinod, Rechnung zu tragen.

– Was meinst du, soll ich was sagen?

– Was willst du denn sagen? Wem?

– Na ihr. Der Dame am Nebentisch.

– Das wird sie schon selbst mitbekommen haben, dass sie sich mit dem Öl …

– Das ist Kernöl, solltest du dir ein Fläschchen mitnehmen, ist wirklich was Besonderes.

– Das wird sie wahrscheinlich selbst wissen.

– Ich mein ja nur, weil mir das auch mal passiert ist.

– Unangenehm.

– Nicht so schlimm. Das kriegt man auch wieder raus. Man muss nur wissen, wie.

– Schere?

– Nein, Ameisen.

– Ameisen?

– Ja, Ameisen.

– Das würde ich ihr nicht sagen.

– Das habe ich durch Zufall entdeckt. Mir ist es genau so passiert wie ihr. Helle Hose, hier so ein Riesenfleck Kernöl. Ich hab die Hose zu Hause einfach nur über den Stuhl geworfen, nicht eingeweicht oder mit Kernseife geschrubbt, nichts, ich wollte sie am nächsten Tag wegwerfen. Und dann wach ich in der Früh auf, und der gesamte Fleck ist dicht bevölkert von Ameisen. Wunderbar, dachte ich noch, haben wenigstens die Ameisen was von dem Desaster. Drei Tage später waren die Ameisen weg – und der Fleck auch. Spurlos, und ich betone: spurlos verschwunden. Kein Rand, nichts.

Wieder eine Pause, untermalt von vollkommen geräuschlosem Schneefall.

– Ich würde es ihr nicht sagen.

– Johann kennt die offensichtlich.

– Sieht so aus. Scheint aber keine einfache Sache zu sein, wenn du mich fragst.

– Wenn es so weiterschneit, dann kommt hier heute Abend niemand mehr ins Tal.

– Angenehm ist das nicht.

– Aber wir sind in der Überzahl.

Erneute Pause.

– Meinst du, es wird nötig sein?

Ich muss gestehen, ich war noch nie in eine Schlägerei verwickelt.

– Ich auch nicht.

– …

– Lass uns reingehen. Wahrscheinlich gibt es Fisch.

– Hat der Kellner ja gesagt.

Dass es Fisch als Hauptspeise geben sollte, das war meine Idee. Das war vielleicht etwas übermütig, aber diese Idee mit dem Fisch, die hatte ich schon im Sommer, also während meiner gedanklichen Vorbereitungen. Fisch, das war, neben den Tischkärtchen und der nächtens einstudierten Rede, sozusagen mein wichtigster konzeptioneller Beitrag zu meiner eigenen Einladung. Er sollte an meine Jugend gemahnen. Ich bin im Laufe der Überlegungen, der vorbereitenden Überlegungen, zu der Auffassung gelangt, dass so eine Geburtstagseinladung auch in gewisser Hinsicht die Aufgabe des Rückblicks zu erfüllen habe. Und ohne Zweifel, wenn ich an die Anfänge meines Lebens denke, dann gehört das »Es wird gegessen, was auf den Tisch kommt!« zu den wesentlichen Bestandteilen meiner Kindheit und Jugend. Großartig. »Es wird gegessen, was auf den Tisch kommt.« Fisch. Es gibt viele Menschen, die mögen keinen Fisch. Heute aber wird gegessen, was auf den Tisch kommt. Natürlich habe ich mich erkundigt. Ich habe mich schließlich vorbereitet. Erst habe ich mit meinem Hausarzt über mögliche Allergien gesprochen, habe im Internet recherchiert, auch habe ich in den letzten Monaten immer mal wieder die Geschichte von meiner eigenen, vor vielen Jahren erlittenen Fischvergiftung erzählt, nur um herauszubekommen, ob einer der Eingeladenen möglicherweise einmal eine Fischvergiftung hatte. Wäre das der Fall gewesen, so hätte derjenige oder diejenige ganz sicher ziemlich heftig auf meine Erzählung reagiert. Dem war aber nicht so. Also konnte ich davon ausgehen, dass niemand hier am Tisch jemals so ein Erlebnis hatte, und es wagen: Es wird gegessen, was auf den Tisch kommt. Tatsächlich hat dann nur Maximilian den Fisch verweigert. Vera hätte ihn wohl gern verweigert, fügte sich aber schnell in die Situation, wohl um ihren frisch vom Grab der Gattin übernommenen Pavel nicht in Verlegenheit zu bringen. Daher: Was auf den Tisch kommt. Es ist eine schöne Erinnerung.

Meine Kindheit und Jugend war von einer gewissen liebevollen Brutalität ummantelt, eine Erfahrung, die ich noch mit den meisten meiner Gäste aus der Vergangenheit teile. Jene aus der Wirklichkeit sind zum Teil schon mit einer moderneren Auffassung in der Erziehung konfrontiert worden, da stand das Liebevolle im Vordergrund. Maximilian ist schon ganz und gar der Liebe ausgeliefert. Das ist brutal.

Der Fisch ist ausgezeichnet. Zander aus dem Wörthersee. Man achtet in diesem Haus sehr darauf, genau zu wissen, wo das herkommt, was auf den Teller kommt.

Es hätte natürlich auch eine Forelle vom Fischzüchter Igler unten im Tal sein können, aber der Fischer vom Wörthersee ist ein Freund des Kochs und daher verlässlicher. Außerdem ist Zander einer Forelle doch leicht überlegen, jedenfalls in einem festlichen Rahmen. Seit einigen Jahren laufen auch in dieser Region aufwändige Renaturierungsprojekte, um so was kommt eine beliebte Region wie diese hier nicht mehr herum, so dass es wieder möglich geworden ist, dass eine Forelle auf einem der hiesigen Teller sogar direkt aus dem Gebirgsflüsschen unten im Tal gefangen wurde. Der Kellner hat diesen Umstand noch einmal mit Nachdruck betont, um dann auf den Freund des Kochs zu verweisen, daher Zander, nicht, was auch möglich gewesen wäre, Forelle. Woraufhin Rita sich zu Sam hinüberbeugt und das Gespräch aus dem Siebensitzer bei der Herfahrt, als man dem Flusslauf ein oder zwei Kilometer folgte, wieder aufgreift:

– Siehst du, was ich dir vorhin sagte.

– Ich habe dir ja gar nicht widersprochen.

– Ich hätte mit dir wetten sollen.

– Ich habe dir ja gar nicht widersprochen, ich kenn mich damit aus. Ich habe als ganz kleiner Junge immer meinem Großvater geholfen, wenn der, vollkommen betrunken, versucht hat, aus den Forellenteichen der Gemeinde Forellen zu klauen. Das hat er bis ins hohe Alter gemacht.

– Getrunken?

– Das auch. Er nannte das Forellen kitzeln. Er wusste genau, wo sich die Forellen versteckt haben. Mit einem Stock hat er sie unter den Steinen aufgestöbert, und ich musste sie fangen. Das konnte er nicht mehr, die waren ihm zu glitschig und seine Hände zu gichtig. Außerdem hat er immer leicht das Gleichgewicht verloren, deshalb musste ich das machen, bei mir war es nicht so schlimm, wenn ich ins Wasser fiel.

– Mit der Hand?

– Na klar mit der Hand. Und wenn wir zwei oder drei zusammenhatten, sind wir in seinen Schuppen. Ich, den Eimer hinter ihm hergeschleppt, hab immer wahnsinnig aufpassen müssen, dass das Wasser nicht rausschwappt und uns eine Forelle wieder abhaut. Ich war kaum größer als der Eimer, und der Eimer wog kaum weniger als ich selbst. Dann hat er den alten Knüppel geholt, ich musste ihm die Forelle auf dem Tisch festhalten, konnte er ja nicht mehr mit seinen gichtigen Fingern, und er hat einmal kräftig der Forelle auf den Kopf geschlagen. Er hat immer gesagt: Halt die Finger still, sonst sind se kaputt – und peng, war die Forelle hin. Ich hab's immer in den

Händen gespürt, wenn sie tot war. Das war ein besonderer Moment. Dann holte er sein Messer aus der Tasche, so ein französisches, das war sein ganzer Stolz …

– Ein Opinel.

– Blödsinn, ein Opinel, das hat doch jeder, mein Großvater hatte ein Laguiole! Damit hinein in die Forelle, einmal rauf und wieder runter, das ganze Gedärm mit einem Wisch in den Eimer zu den anderen Forellen, da wussten die schon mal, was auf sie zukommt, und dann kam die nächste dran. Das war großartig. Dann hat er die Forellen einfach so in die Pfanne geworfen, die waren hinterher fürchterlich zugerichtet, aber mir hat nie wieder was so gut geschmeckt wie die völlig zerstörten Forellen von meinem betrunkenen Opa.

Allgemeines Essen. Ruhe. Ja, tatsächlich Ruhe. Dass das keinem aufgefallen ist, ist bemerkenswert. Sogar dem kleinen Maximilian selbst scheint vollkommen entgangen zu sein, dass er ganz ruhig und friedlich, selbstversunken mit seinen Spielzeugautos spielt, dort hinten in der Ecke, wo ihn niemand beachtet. Alle genießen die Ruhe. Und den Zander. Das Kaminfeuer knistert, das hat bis gerade eben niemand wirklich mitbekommen, dass hier ein offener Kamin für Gemütlichkeit sorgt.

Außer dem Kaminfeuer knistert auch die Ruhe, die Gespräche sind verstummt, die Arbeit am Fisch hat begonnen. Da erhebt sich Maximilian in seiner Ecke, nimmt eines seiner Spielzeugautos, geht schnurgerade quer durch die angenehm knisternde Ruhe hinüber zu der feindlichen Tischgesellschaft und legt seinem Halbbruder, von dem er natürlich nicht wissen kann, dass es sein Halbbruder ist, sein Lieblingsspielzeugauto auf den Schoß. Er schenkt ganz offensichtlich seinem Halbbruder sein Lieblingsauto. Übrigens ein Ford Mustang, wie ihn Steve McQueen seinerzeit in »Bullitt« gefahren ist, im Maßstab 1:100. Bemerkenswert. Mitten in die Stille hinein macht der Dreijährige ein Friedensangebot. Wie gesagt, Kinder werden in erster Linie unterschätzt.

Johann hinter seiner Säule hat davon nichts mitbekommen. Er hat gar nicht bemerkt, dass sein Maximilian gerade dabei ist, diese über Jahre erarbeitete Feindschaft zu seiner ehemaligen Affäre zu unterlaufen. Er muss von Marie darauf aufmerksam gemacht werden.

– Schau, unsere kleine Max, wie charmant.

– Bitte. Er heißt Maximilian, nicht Max.

– Oui, oui. Je sais.

– Das ist wichtig.

– Isch weiß, es ist wichtig. Max, komm zu deiner maman.

– Maximilian.
– Er hört mich nicht.
– In diesem Fall heißt es, er hört nicht *auf* mich.
– …

So eine Diskussion kann sich natürlich auch leicht auswachsen. Man merkt der Sache doch an, dass es hier um etwas geht, dass hier Lebensentwürfe auf dem Spiel stehen. Für Johann ist Maximilian nicht nur einfach sein Kind. Nein, er ist sein Sohn! Das ist die nächste Generation, der Träger seines Namens, sein Erbe. Der erste Versuch eines Sohns sitzt dort drüben und ist unerreichbar. Das wird ihm mit diesem hier, mit Maximilian, nicht passieren. Für Marie hingegen ist der Kleine eher ein Juwel. Eine Perle. Ein Schmuckstück. Ein geliebtes Schmuckstück zwar, aber eben doch ein Schmuckstück, eines, das man auch mal ablegen kann, wenn es nicht zum Anlass passt. Schließlich muss ja auch noch Karriere gemacht werden. Maximilian ist kaum den Windeln entstiegen und muss schon in gleich zwei Berufen seinen Mann stehen, eine klassische Doppelbelastung. Beide haben ihre Lebenskonzepte auf Maximilian aufgebaut, die allerdings doch sehr unterschiedlich ausgefallen sind. Und man kann schon am Tonfall hören, dass weder Johann noch Marie bereit sind, Abstriche an ihren jeweiligen Konzepten zu machen oder diese gar aufzugeben. Das wird zu Opfern führen.

Natürlich, ich hätte meinen Geburtstag auch anders begehen können. Beispielsweise gar nicht. Ich hätte bei dem »noch nie« bleiben und mit Heiner, Hans oder Anton in einem Wirtshaus ein paar Bemerkungen zum Weltgeschehen ausprobieren können. In diesen Wirtshäusern, die der tschechische Dichter Bohumil Hrabal einmal als Universitäten des Alltags bezeichnete, hätten wir den Vorlesungen der Trinker lauschen und uns über Autos unterhalten können. Mit denen kann man sich wunderbar und jederzeit hinabstürzen in das Sinnlose. Normalerweise schützt sich der Mensch ja mit einem Berufsleben und mit einem Privatleben vor dem Leben. Die nicht. Die setzen sich dem Leben in seiner ganzen Gnadenlosigkeit aus; ungeschützt durch eigene Pläne, Vorhaben, Projekte oder durch private Verpflichtungen, liefern sie sich einfach den Zuständen aus. Das wäre auch ein denkbarer Abend gewesen. Aber kein möglicher.

Der Schneefall ist stärker geworden, weshalb die Raucher näher zusammenrücken müssen. Ein bisschen sehen sie aus wie die Obdachlosen in den Hollywood-Filmen, wenn sie sich um brennende Ölfässer herum die Hände wärmen. Für Johann ein Sehnsuchtsort. Im

Moment noch. Noch wagt er sich kaum an seiner ehemaligen Affäre vorbei, um draußen eine rauchen zu gehen. Sie weiß natürlich, dass Johann Raucher ist und dass er früher oder später an ihr wird vorbeigehen müssen. Deshalb ist sie auch noch nicht auf ihr Zimmer gegangen, um Rock und Bluse zu wechseln. Lieber sitzt sie hier so dermaßen verschmutzt, als ihm die Möglichkeit zu geben, einfach so in die Raucherecke zu entwischen. Das will sie ihm nicht gönnen. Also sitzt sie übel befleckt da und lauert.

Es ist ruhig geworden, die beiden Kinder, immerhin Halbgeschwister, spielen friedlich, sehr zur Irritation jener, die die Umstände kennen, was ja nur die Affäre, Johann und ich sind. Es ist sogar so ruhig, dass man das Gespräch am Nebentisch, in der kleinen Tischgesellschaft, belauschen kann, wenn man will.

– Warum hast du eigentlich dieses hässliche Sakko angezogen?

– Ich mag es.

– Es ist hässlich.

– Ich mag es.

– Es macht dich alt.

– Dann macht es dich ja jünger.

– Alle alten Leute tragen Beige.

– Das ist nicht beige, das ist hellbraun.

– Du hast es nur angezogen, um mich zu ärgern.
– Ich habe es angezogen, weil ich es mag.
– Ich hasse hässliche Sachen.
– Schau, spielen sie nicht wunderbar, die zwei Kleinen.
– Verlass dich drauf, es *ist* hässlich.
– Ich mag es.
– Ich hasse es.
– Deshalb mag ich es.
– Sag ich ja. Du willst mich mit dem Teil nur ärgern.
– Blödsinn.
– Ich kenn dich. Du machst dich hässlich, in aller Öffentlichkeit, um mich zu demütigen.
– Soll ich fragen, ob die hier vielleicht Kernseife haben, für deinen Fleck?
– Wenn ich Kernseife will, dann kann ich schon selber fragen.
– Ich mein ja nur.
– …

Davor habe ich mich gefürchtet. Dass es so ruhig werden würde, wie es soeben geworden ist. Wenn man die Gespräche vom Nebentisch hören kann, dann ist es schon ziemlich ruhig. Nachgerade still. Natürlich ist die momentane Stille damit zu begründen, dass es allen schmeckt und jeder konzentriert seinen Fisch zerlegt.

Aber je länger diese Stille anhält, umso bedrohlicher wird sie.

Und während dort drüben Unheil aufzuziehen droht, verschluckt sich Judith hier an einer Gräte. Im Grunde ist Judith eine robuste Person und keineswegs ungeschickt. In diesem Fall aber verschluckt sie genau in dem Moment eine Gräte, als alle Aufmerksamkeit dieser Runde sich über die Teller hinweg zum Geschehen an dem Tisch dort drüben, zu der kleinen Tischgesellschaft, hinübergeschlichen hat. Natürlich hat auch Judith ganz interessiert gelauscht und begierig darauf gewartet, ob es dort zum Eklat kommen würde oder ob er noch umgangen werden kann. Sie war deshalb vermutlich etwas unaufmerksam bezüglich ihres Fisches auf dem Teller und hat dabei wohl eine Gräte übersehen, die ihr nun prompt im Halse steckt. Und da steckt sie ausgesprochen wirkungsvoll. Die Luft wird knapp, der Kopf wird rot, die Geräusche werden bedrohlich, von beiden Seiten, also Helene von links, Frieder von rechts, beginnt man ihr auf den Rücken zu schlagen, das macht man so. Hat aber noch in den seltensten Fällen was genutzt. Jetzt auch nicht. Das Gesicht wird blau. Die Geräusche werden bedrohlicher, die Luft wird knapper, die Stimmung droht in Panik umzukippen. Nur Maximilian findet das eine tolle Anregung, die Sache mit dem Auf-den-Rücken-Schlagen, und probiert es unverzüglich aus. Zunächst bei Johann, seinem Vater, der das wohlwollend belächelt, dann, schon etwas stärker, bei Marie, seiner Mutter, und schließlich klopft er der Reihe nach allen anderen auf den Rücken. Keiner der Geschlagenen legt dem Kleinen das Handwerk, alle folgen dem gleichen Muster, sie tun erst erleichtert, dann signalisieren sie, dass es reicht, und schließlich bedanken sie sich höflich für die scheinbare Hilfe. Einige, die sich für pädagogisch besonders begabt halten, wozu ich mich übrigens selbst zählen muss, husten noch etwas theatralisch und animieren den Kleinen zu weiteren Schlägen, eine ausgesprochen schlechte Taktik.

Bei Judith steckt die Gräte hingegen tatsächlich fest, und ihr inzwischen ins Grünliche changierender Kopf lässt das Schlimmste befürchten. Konrad empfiehlt Zitronensaft und dazu ein Stückchen weiches Brot, beteiligt sich aber nicht am allgemeinen Rückenklopfen, obwohl er eigentlich der Einzige ist, der dazu berechtigt gewesen wäre. Die Luft wird eng, Judith schnappt vergeblich danach, das Husten ist nur noch ein klägliches Röcheln, der Kellner versucht per Telefon den Arzt im Dorf anzurufen, aber er bekommt keine Verbindung, die Telefonleitung scheint unterbrochen. Hätte auch keinen Sinn, bei dem Wetter. Bis der hier oben ankommen würde, sollte er es denn überhaupt schaffen, wäre Judith schon längst erstickt. Judith wechselt die Gesichtsfarbe von Grün auf blasses Türkis. Maximilian, der mit dem Rückenklopfen wieder bei Marie angelangt ist, bekommt zum ersten Mal eine klare und unmissverständliche Erziehungsmaßnahme zu hören: »Arrête!!!« Der Kleine ist so verdutzt, dass er sofort aufhört. Der ganze Tisch ist in Aufruhr, wir wollen Judith irgendwo hinlegen, den Kellner verlässt langsam seine Professionalität, er erwähnt, dass zwei Häuser Richtung Tal ein Arzt sein Ferienhaus habe, und macht sich, weil er keine Telefonnummer hat, zu Fuß auf den Weg. Vielleicht ist er ja zufällig heute hier, dann wird er ihn herbringen. Judith wird unterdessen der lauwarme Zitronensaft mit weichem Brot eingeflößt, sie liegt auf dem Kanapee (auf dem übrigens der berühmte Architekt des Hauses dereinst selbst geruht haben soll), und tatsächlich, das alte Hausmittel scheint zu wirken, langsam beruhigt sich ihr Zustand, die Gesichtsfarbe wechselt wieder in ein blasses Rosa, wie es sich gehört, nur die Stimme ist noch nicht wieder da. Ich hätte wohl doch lieber Fleisch servieren lassen sollen anstatt Fisch. Der Fisch war doch eine sehr leichtfertige Entscheidung, ich hätte nie gedacht, dass eine durch und durch launige, praktisch nicht begründete Entscheidung solche Folgen haben würde. Eben noch knapp dem Erstickungstod entkommen, sprudeln die Vorwürfe schon wieder recht flüssig. Mit einem Röcheln fällt Judith über Konrad her, der sich aus ihrer Sicht zu wenig um sie bemüht hat, und kommt natürlich auf jene Anekdote zu sprechen, die sich vor vielen Jahren beinahe ereignet hätte. Unvermeidlich. Wie gesagt, normalerweise ist Judith relativ robust und gibt wenig Anlass zu psychologischer Interpretation, aber das hier war eine Ausnahmesituation, so muss man das sehen. Da kann sich die Wahrnehmung nicht an die Wirklichkeit halten. Alle haben ihr mehr oder weniger kopflos auf ihren Rücken getrommelt, nur Konrad hat als Einziger einen sinnvollen und praktikablen wie auch zum Ziel führenden, also tatsächlich lebensrettenden Vorschlag gemacht. Aber was soll's, gegen die Wahrnehmung hat die Wirklichkeit keine Chance. Noch vollkommen ohne Stimme, aber bereits wieder mit ungebrochenem Kampfesmut bemüht Judith die Anekdote mit der Kommunistin: »Du hättest ja bei deiner Kommunistin bleiben können …« Der Rest ist nicht genau zu verstehen, weil, wie gesagt, die Stimme noch nicht wieder da ist. Langsam beruhigt sich alles wieder, und nur der Vorwurf bleibt im Raum zurück.

Alle kehren an ihren Platz zurück, Judith bleibt noch ein bisschen auf dem Kanapee liegen, sich regenerieren, mühsam versuchen sich die Gesprächsfäden wiederzufinden. Die junge Servierkraft bringt Frieders Teller, den hatte sie während des ganzen Trubels warm gestellt, so dass Frieder jetzt als Einziger seinen köstlichen Zander noch in guter Temperatur zu Ende essen kann. Diese Sonderbehandlung ist niemandem aufgefallen. Oder man hat sie allgemein und höflich übergangen, das kann auch sein. Und dann ist sie wieder da, die Stille. Auch ohne Erfahrung mit Einladungen weiß ich, dass eine solche Stille nicht dem Wesen, nicht der Intention einer Einladung entspricht. Mit Einladungen habe ich zwar keine Erfahrung, aber mit Stille, damit habe ich reichlich Erfahrung.

Ich hatte erst neulich zu Hause eine enorme Stille von gut zwei Tagen zu ertragen gehabt. Das war nicht einfach. Bis heute streiten Magda und ich darüber, was die Ursache für diese Stille gewesen war. Ich vermute ja, dass es dieser Freundschaftsdienst an unseren Nachbarn war. Magda wollte der Katze unserer Nachbarn, übrigens tatsächlich eine Katze, kein Kater, für zwei Wochen während deren Urlaubsreise nach Fernost Quartier und Versorgung bieten. Ich war nicht davon überzeugt, ich glaubte, meine Katzenlektion bereits hinter mir zu haben. Magda war aber von dem Projekt einer Urlaubskatze nicht abzubringen. Diese Urlaubskatze sollte ja nur vorübergehend unser Leben übernehmen, ist dann aber, während meiner Anwesenheit, aus dem Fenster gefallen, aus dem dritten Stock, direkt auf die Straße, es hat in Strömen geregnet. Da lag sie nun und schaffte es nicht aus eigener Kraft, sich ins Trockene zu retten. Ich gebe zu, ich hatte es nicht besonders eilig, ihr zu Hilfe zu eilen, im Stillen hoffte ich auf den Verkehr, auch wenn es später schwer zu erklären gewesen wäre. Aber so ist das mit den Hoffnungen, als ich unten ankam, hatte sich schon eine ganze Traube von Menschen um das jaulende Tier versammelt und wartete begierig darauf, mich mit schwersten Vorwürfen einzudecken. Wie gesagt, so ist das mit den Hoffnungen, ehe man auf der Straße ist, haben sie sich in Vorwürfe verwandelt. Und wieder musste ich eine Katzenlektion lernen. Mit gebrochener Pfote, hängenden Ohren, triefend nass kauerte dieses Häufchen Elend im Rinnstein; umringt von all den Regenschirmen und Trost spendenden, mitleidigen Seelen schaute sie mich provozierend an, als wollte sie sagen: »Das hast du jetzt davon.« Und ich konnte den umstehenden Menschen ansehen, wie sie es genau gehört haben. Dabei hatte ich nur versucht, mich auf meine Steuererklärung zu konzentrieren. Ich glaube, das war der Grund für mehr als zwei Tage Stille und Schweigen. In jeder Stille schwingt ja die Frage mit, was wird das erste Wort sein, das die Stille beenden wird. Das ist immer eine schwierige Situation. Und je länger eine Stille dauert, umso größeres Gewicht bekommt das erste, die Stille durchbrechende Wort. Und ausgerechnet jetzt, jetzt, wo man das Temperament des kleinen Maximilian hätte gebrauchen können, glaubt der in seinem Halbbruder einen neuen Freund gefunden zu haben und spielt friedlich mit den Autos. Da ist dann die offensichtliche Naivität der jungen Servierkraft sehr hilfreich, mit ihrem zarten Stimmchen entsorgt sie die Stille, indem sie von Frieder wissen will, ob es ihm denn gemundet habe und ob er noch etwas wünsche. Frieder trägt ihr lobende Worte für die Küche auf, und der Bann der Stille ist gebrochen. Nicht besonders eilig räumt sie auch die Teller der anderen ab, ihr Kollege ist noch immer nicht von seiner Mission, den Arzt zu holen, zurückgekehrt, inzwischen wird der ja nicht mehr gebraucht, Konrads altes Hausmittelchen hatte funktioniert, jedenfalls hat sie nun genug zu tun, so dass Frieder ein wenig von ihrer Aufmerksamkeit entlastet wird, wo er von der besonderen Aufmerksamkeit doch ohnehin nichts mitbekommen hat.

Und dann ist die Gelegenheit günstig. Es ist wieder Arnold, der aufsteht, um eine rauchen zu gehen, und

Johann schließt sich ihm an, in der Hoffnung, im Windschatten von Arnold möglichst unbeschadet an seiner ehemaligen Affäre vorbeizukommen. Aber darauf hat die natürlich nur gewartet. Die ganze Zeit hat sie in ihrem befleckten Kostüm hier ausgeharrt, nur für diesen Moment. Jetzt muss er an ihr vorbei. Sie kennt ihn ja, sie weiß, dass er raucht, sie weiß, dass er früher oder später an ihr vorbeimuss. Jetzt kommt er.

Die Kinder auf dem Boden ins Spiel vertieft, vor den Füßen des Ahnungslosen, Johann, noch etwa drei oder vier Schritte entfernt, nähert sich, und sie eröffnet das Scharmützel.

– (zu ihrem Gatten, dem Ahnungslosen) Nimm ihn da weg! (Gemeint ist ihr Sohn.)

– Wo sie doch grad so friedlich spielen …

– Nimm ihn da weg!!

Der Ahnungslose gehorcht, nimmt seinen vermeintlichen Sohn aus der Spielszene, stellt sich dabei so ungeschickt an, dass der Kopf des Kleinen an die Tischkante donnert, nichts weiter passiert, nur der Schreck, aber sofort ist die folgende Auseinandersetzung von lautem Geplärr untermalt.

– Mit dem Fleck hast du zu lange gewartet. Du hättest gleich Mineralwasser drauf geben sollen (versucht Johann die Situation zu entschärfen).

– Mit dir hab ich zu lange gewartet, ich hätte dir gleich das Messer an die Kehle setzen sollen.

– Darf ich vielleicht mal erfahren, wer das ist?

– Darfst du nicht.

– Wer sind Sie?

– Das müssen Sie Ihre Frau fragen.

– Bitte, wer ist das?

– Später.

Dass dem kleinen Maximilian der Spielkamerad so grob entrissen wurde, hat natürlich auch Marie auf den Plan gerufen.

– Mit wem sprichst du?

– Erklär ich dir später.

– Aha, deine Neue weiß also auch nichts.

– Sie weiß, was sie wissen muss.

– S'il te plaît en français.

– Nein, auf Deutsch (wirft der Ahnungslose ein).

– Ich kann es Ihnen erklären.

– Was will der mir erklären?

– Erklär ich dir später.

– Ich empfehle Ihnen übrigens den Anwalt Ihrer Frau, der ist gnadenlos. Wenn Sie Ihrer Frau schaden wollen, nehmen Sie den Anwalt Ihrer Frau.

– Qui sont ces gens?

– Plus tard. Ich glaube, du hast hier noch ein bisschen Erklärungsbedarf, noch einen schönen Abend.

– Dich mach ich fertig.

– Qui sont ces gens?

– Plus tard.

Und damit geht Johann hinaus, um eine Zigarette zu rauchen. Johann hat an diesem Abend sehr wenig geraucht. Was man gut verstehen kann. Wenn zu jeder Zigarette solche Dialoge gehören, auf dem Hinweg zur Raucherecke und auf dem Rückweg von der Raucherecke, dann raucht man automatisch weniger. Aber dass er sehr wenig geraucht hat an diesem Abend, trägt nicht unbedingt zu seiner Entspannung bei, wie sich Raucher, auch ehemalige, leicht vorstellen können. Kurz darauf gehe ich selbst hinaus in die Raucherecke, nicht des Rauchens wegen, sondern weil ich auch einmal an dieser inzwischen zu einer Insel des Interesses gewordenen, feindlichen Tischgesellschaft dort drüben vorbeisegeln möchte. Einmal zwischen den aufgetischten Gängen diese eigenartige Atmosphäre der aufgestauten Aggression wittern. Diese spannungsgeladene Luft rund um das kleine Tischchen dort drüben übt eine große Faszination aus, das muss ich sagen.

Draußen eine reine Männerrunde, Arnold, Johann und ich. Johann holt ein altes Silberdöschen aus der Tasche und hat, ganz wie in früheren Zeiten, noch ein bisschen Gras einstecken. Mit erstaunlicher Routine beginnt er einen Joint zu bauen. Sofort bekommt das Zusammenstehen einen konspirativen Charakter.

– Das hättest du vorhin Judith anbieten müssen.

– Ja, das entspannt.

– Wenn sie eh schon keine Luft mehr gekriegt hat.

– Dass so was heute noch in Gebrauch ist.

– …

Um mit einer kleinen Geste zu signalisieren, dass Johann mit seinem Angebot hier an der richtigen Adresse ist und auch ich noch gut weiß, wie man einen Joint baut, suche ich in meinen Taschen nach etwas, was er als Filter verwenden kann, irgendein Stückchen Pappe, einen alten Fahrschein oder ähnliches. Dabei kommt mir die Visitenkarte von dem Anwalt von neulich in die Finger, jenem, mit dem ich durch die Bars gezogen bin und den ich beinahe eingeladen hätte und der gerade dabei ist, Johanns Leben zu ruinieren. Ich merke aber erst, als ich die Visitenkarte schon Johann gegeben habe, was für eine Visitenkarte das ist. Mir stockt der Atem, aber es ist dunkel, der Schnee fällt leise, und Johann hat die Karte schon zu einem Filter gerollt und in den Joint eingebaut.

– Dann kann es ja jetzt noch eine richtige Party werden.

– Na ja, die Bedingungen sind etwas schwierig.

– …

Ich habe schon lange keinen Joint mehr geraucht. Was für eine verschüttete Erinnerung. Noch eines von diesen Dingen, die mit dem schon lästigen Etikett »früher« versehen werden müssen, von denen dieser Tag ja reichlich zu bieten hat. Früher hat man das Zeug ja noch selbst angebaut, ganze Plantagen hat man auf dem Balkon oder auf dem Dach gezogen, alle hatten ihre eigenen Methoden, und einer wusste es besser als der andere, man tauschte Tipps und natürlich die Ergebnisse aus. Ich selbst hatte nie so eine Plantage, dafür hatte mein Nachbar eine der größten innerstädtischen Pflanzungen. Es waren, wenn ich mich recht erinnere, rund siebzig Pflanzen, die er auf dem kleinen mit Teerpappe belegten Flachdach unseres Hinterhauses großzog. Der Zugang zu seiner Plantage führte durch eine Art Besenkammer, die allerdings in meiner Wohnung lag. Da musste er immer durch, um zu seiner Plantage auf dem Dach zu gelangen. Das war eine vertrauensselige Zeit, damals. Heute ist das Haus saniert und die Dachluke mit einem Vorhängeschloss verschlossen. Nehme ich an. Übrigens auch der Wasseranschluss für die Bewässerung der Plantage war in meiner Wohnung. Schon rein durch die bauliche Situation kann ich also mit Fug und Recht von

»unserer« Plantage sprechen. Mein Nachbar hatte für seine Pflänzchen ein richtiges Talent, das muss man sagen. Schon im August, wenn die Ernte des Vorjahres langsam zur Neige ging, wurden Proben der zu erwartenden Ernte genommen. Das war eine ernste Sache. Mit geschultem Auge suchte er zwei, drei Pflanzen aus und entnahm Stichproben. Auf der heißen Herdplatte wurden die dann schnellgetrocknet und in ein Zigarettenpapierchen gerollt. Ich kann mich nicht erinnern, dass wir unsere Pflänzchen jemals mit Tabak verunreinigt hätten. Im September bekamen sie dann für ein paar Wochen kein Wasser mehr, damit das THC sich ordentlich in den Blättern ansammeln konnte. Er erklärte mir jedes Jahr aufs Neue, dass die Pflanze das THC ja nur deshalb bildet, um sich vor dem Austrocknen zu schützen, solche Sachen wusste mein Nachbar alles. Und dann wurden sie, kopfüber und mitsamt den Wurzeln, auf dem Dachboden zum Trocknen aufgehängt. Damit der Wirkstoff beim Trocknen von den Wurzeln nach unten in die Blätter fließen kann. So eine Hanfpflanze ist ein robustes Kraut, dafür braucht es nicht viel. Mein Nachbar machte aber daraus gerne einen ordentlichen Zinnober. Es war im wahrsten und besten Sinne des Wortes einfach Gras, was wir da rauchten. Früher. Logischerweise folgt diesem leidigen »früher« ja immer ein resigniertes »gibt's ja heute nicht mehr«. Gemeint ist natürlich das Lebensgefühl. Diese Selbstverständlichkeit, mit der man damals einfach in den großen Krug aus Steingut, der bei meinem Nachbarn immer in der Küche stand, gegriffen und sich eine gedreht hat.

Es gibt natürlich unterschiedliche Auffassungen über das Wesen von Cannabis. Die stabilsten Meinungen findet man, wie üblich, bei den Nichtnutzern, das ist klar. Man muss sich schon von Erfahrungen fernhalten, um bei seiner Meinung bleiben zu können. Aber auch unter den Nutzern gibt es große Unterschiede. Für mich, wie gesagt, ist es in erster Linie ein »früher«. Gibt's heute so nicht mehr. Und plötzlich raschelt es heftig in dem verschneiten Wald unterhalb der Raucherecke. Johann schaut verwundert auf den Joint in seiner Hand. Mit einer solchen Wirkung hat er nicht gerechnet. Wir haben alle eine recht ordentliche Verwunderung im Gesicht, man kennt sich ja nicht aus, im Gebirgswald. Ein solches Rascheln und Ästeknacken, das muss schon was Größeres sein, dem Geräusch nach zu urteilen. Und dann taucht, völlig durchnässt und dick vom Schnee bedeckt, der Kellner aus dem Dickicht auf. Er hat die Abkürzung genommen, ist direkt durch den Wald und den inzwischen doch recht hohen Schnee gestapft. Allerdings ohne Arzt. Der war nicht in seinem

Ferienhaus anzutreffen. War ja auch nicht mehr nötig. Was der Kellner noch nicht wissen konnte, deshalb hat er ja die Abkürzung genommen, ihn aber sehr erleichtert. Johann bietet ihm einen Zug an, den er dankend annimmt. Er nimmt sogar einen ausgesprochen tiefen Zug. Und noch einen zweiten. Man darf also annehmen, dass der Kellner mit solchen Dingen vertraut ist. Das schafft gleich eine vertraute Atmosphäre. Und so hat Johann, als er auf dem Rückweg wieder an seiner Affäre vorbeimuss, eine ganz gut konditionierte Eskorte zur Seite, so dass für den Moment eine Ausweitung des Skandals ausbleiben muss.

Wir setzen uns wieder zu den anderen, verschiedene Gesprächsfetzen hängen in der Luft. Die einen Fetzen wehen von links herüber, die andern von rechts. Pavel berichtet von der Beerdigung seiner Frau, Marie und Rita haben sich mehr oder weniger gefunden, und Anna macht Arnold klar, dass er sich die Heimlichtuerei sparen kann.

– Du musst nicht immer rausgehen, um mit deinem neuen Abenteuer Heimlichkeiten auszutauschen.

Arnold ist nämlich nicht nur zum Rauchen so häufig draußen in der Raucherecke. Er hat sich da, wie soll man sagen, eine Geschichte eingefangen, besser gesagt, er hat sich in einer Geschichte verfangen, so muss man das sagen. Und jetzt kommen im Minutenrhythmus Nachrichten auf seinem Handy an. Alles, was ich davon weiß, ist, sie lebt in der Nähe von Cottbus, ist 35 Jahre alt, hat zwei Kinder, ist unglücklich und ist auf Arnold bei einem dieser Quiz-Spiele gestoßen, die man so im Netz machen kann, wenn es einem langweilig ist. Jetzt hat er den Salat, mehr braucht es nicht, um zu wissen, dass das keine erfreuliche Geschichte werden wird. Ich will's mal so sagen: Wer sich ins Netz begibt, landet eben im Netz.

Helene versucht noch zu retten, was zu retten ist.

– Wie habt ihr euch eigentlich kennengelernt?

– Ich war ganz und gar nicht ihrer Meinung.

– Entschuldige, aber es war umgekehrt, ich war nicht deiner Meinung.

– Von mir aus, dann warst du eben nicht meiner Meinung

– …

Pavel hingegen ist nicht zu überhören.

– Da steht der Pfarrer neben dem Sarg, hält seine Ansprache, und was soll ich dir sagen, ein Schmetterling flattert durch den Raum. Ich wusste sofort, das ist sie. Sie wollte ein Auge drauf haben, was wir Übriggebliebenen so alles mit ihrer Beerdigung anstellen würden …

Und schräg gegenüber verstehen sich Marie und Rita ganz ausgezeichnet und ganz ohne sich zu verstehen. Denn die eine spricht ungern Deutsch, die andere dafür kein Französisch.

– C'est très beau.

– Ach, das hab ich mal auf dem Flohmarkt gefunden

– …

Ich habe also die Auswahl. Relativ schnell setzt sich aber Pavels Stimme und Intonation durch.

– Das Schlimmste war die Musik. Ich habe ihren Musikgeschmack immer gehasst. Natürlich wusste ich, welche Musik sie auf ihrer Beerdigung spielen lassen wollte, sie hatte sich was aus einer Oper von Bohuslav Martinů gewünscht. Aber was soll ich machen, es war doch ihre Beerdigung, es war mein Weinen, sie hört's doch nicht mehr. Was Musik anbelangt, haben wir uns nie einigen können. Ich habe dann Smetana spielen lassen. Sie wird mir das nie verzeihen …

– Darf ich Ihnen das Dessert schon bringen? (Das war die junge Servierkraft, die immer darauf hofft, Frieder etwas servieren zu können.) Topfenknödel mit in Honig glacierten Maroni.

– Maroni. Sie liebte Maroni. Und Erdbeeren. Erdbeeren liebte sie auch. Ich weiß es noch wie heute, als wir an einem Sommerabend auf unserem kleinen Balkon saßen und sie mir erklärte, dass die Erdbeere eigentlich gar keine Beere ist, sondern aus botanischer Sicht eine Nuss, eine sogenannte Sammelnuss. Wohingegen die Erdnuss wiederum keine Nuss ist, botanisch gesehen, sondern eine Hülsenfrucht, als mehr eine Erbse. Sie hat immer so viel gewusst …

Daraufhin beginnt Vera haltlos zu weinen, sie löst sich regelrecht in Tränen auf. Helene, die Vera am nächsten sitzt, ist über diese plötzlichen Tränen derart verwundert, dass sie den Grund wissen will. Anstatt einfach nur zu trösten. Ach diese Deutschen, immer wollen sie alles ergründen. Dabei weiß doch jedes Kind, dass die Tschechen eben nah ans Wasser gebaut haben. Ein sentimentales Völkchen, da wird gern geweint, wie Konrad noch ergänzend hinzufügt. So ein Klischee hat gern einmal die Neigung, sich selbst zu bestätigen, und so sind Veras Tränen der Treibstoff für Pavels Geschichten von seiner verstorbenen Frau.

– Wir liebten uns wie die Kröten.

– Wie die Kröten?

– Egal, wie die Kröten halt, wir klebten ständig aufeinander, unsere Leiber wurden überhaupt nicht mehr trocken. So gingen die Tage dahin, und wir, immer aufeinander, wir haben sie einfach weggeliebt, unsere Tage, die ganzen Tage haben wir einfach in unserer Liebe ertränkt …

Und Vera weint.

– Was hat sie?

– Sie hat zu wenig getrunken.

Bei der jungen Servierkraft ist dann noch ein weiterer Knopf aufgegangen, als sie Frieder den Nachtisch serviert hat. Topfenknödel mit in Honig glacierten Maroni und für Frieder eine Maroni extra. Aber das ist ein Spiel ohne Spielverlauf. Eine einseitige Sache. Aus dem Spiel wird keins.

Also wendet sich die neue Servierkraft dem kleinen Maximilian zu. Fürsorglich bietet sie ihm ein Eis an. Wahrscheinlich ist sie der Auffassung, dass so ein Nachtisch mit glacierten Maroni wohl doch ein bisschen, wie soll man sagen, zu ambitioniert für ein Kind sei. Was insofern ein etwas ungünstiger Moment ist, als Johann und Judith gerade in ein vielversprechendes Gespräch eintauchen wollen. Sie haben offensichtlich ein Thema von beiderseitigem Interesse gefunden, und ich will mich schon freuen, dass sich langsam eine Brücke zwischen Vergangenheit und Wirklichkeit herausbilden würde. Maximilian ist ein bisschen unruhig geworden, weil Johann sein Interesse von ihm abzuwenden droht, da kommt ihm die Servierkraft mit ihrem Eis gerade recht. Erst wird das Eis vehement abgelehnt, dann wird es ebenso vehement gefordert. Unter Aufbietung aller akustischen Möglichkeiten, die so einem kleinen Menschen zur Verfügung stehen. Und diese Möglichkeiten sind enorm. Auch wenn er den ganzen Abend über schon zeigen konnte, was in ihm steckt, und immer wieder Anlass zur Bewunderung seiner Kondition geboten hat, immerhin hat er schon den langen Weg von Payerbach hierher zu Fuß absolviert, schafft er es zu so später Stunde doch glatt noch einmal, sich selbst zu überbieten. Mit hochrotem Kopf schiebt er zunächst das Eis von sich, die Servierkraft trägt es wieder hinaus in die Küche, dann, mit noch hochröterem Kopf, verlangt er nach einem Eis! Es würde niemanden verwundern, wenn dieser kleine, sehr unter Druck stehende und daher stark gerötete Kopf jetzt einfach platzen würde. Einfach so, peng. Das würde niemanden wundern. Zum Glück erweist sich die Servierkraft als langmütig und serviert das Eis einfach noch mal. Man möchte ihm das Eis eher auf die Stirn legen, um ihn abzukühlen, anstatt ihn darin herumstochern zu lassen.

Ich erinnere mich an meine Katzenlektion von unserer Wohngemeinschaftskatze Mohrchen, die eigentlich ein Wohngemeinschaftskater war. Hier demonstriert

Maximilian, dass das Mohrchen-Prinzip tatsächlich allgemeine Gültigkeit besitzt. Immer wenn sich ein Interesse entwickelt, sich eine Aufmerksamkeit bildet, dann ist stets ein Mohrchen zur Stelle, das das zu unterbinden weiß.

Von dem gemeinsamen Interesse zwischen Judith und Johann bleiben daher nur wenige verständliche Versatzstücke übrig.

– Wie heißt noch mal dieser Film, wo sie ihn in die Stadt schickt, um Kondome zu besorgen, und er kommt mit einem Fernseher zurück?

– Urga.

– Genau.

– Ein großartiger Film.

Um ein Haar hätte sich daraus nämlich eine übergreifende Unterhaltung entwickelt, sogar Sam kann dazu einen Beitrag leisten.

– Schon wie der Film anfängt, dieser hellblaue, russische Lastwagen in diesem endlosen Grün der Mongolei.

– Im Burgenland gibt es eine Musik-Band, die heißt »Urga«. Hat sich nach dem Film benannt.

– Allein wie sie die Urga auf einem Hügel aufpflanzen, wenn sie …

Weiter ist dieses Gespräch von beiderseitigem Interesse nicht gekommen. Die Urga, übrigens eine Art Lasso an einer langen Stange, benutzen die Mongolen, um ihr Vieh einzufangen. Die Urga ist so typisch für die Mongolei, dass sogar die Hauptstadt der Mongolei bis 1924 noch Urga hieß. Heute Ulan Bator oder auch Ulaanbaatar, hat immerhin 1,3 Millionen Einwohner. Habe ich alles kurz nebenbei auf meinem Handy gegoogelt.

Für Maximilian war das Eis jedenfalls ein Geschenk. Und jetzt, nachdem das mögliche Gespräch von beiderseitigem Interesse in ausreichendem Maße unterbunden worden ist, braucht er es nicht mehr. Also schiebt er es hinüber zu seiner Mutter. Marie, noch immer im Gespräch mit Rita, dieses übrigens nach wie vor in beiderseitigem Unverstehen, bedankt sich etwas sehr nebenbei, aber sie bedankt sich. Das schon. Maximilian wird sich allerdings gedacht haben, das geht doch wohl besser, klettert von seinem Stuhl, nimmt seinen Kindertrinkbecher, geht den ganzen Tisch entlang, bis auf die andere Seite und überreicht ihn Konrad. Na also. Konrad, der gern den Überblick behält und sich daher nicht in Erziehungsfragen einmischt, nimmt das Geschenk an und bedankt sich ordentlich. Es funktioniert. Das Spiel hat enormes Potential. Erst räumt Maximilian vom einen Ende des Tisches Gegenstände ab und schenkt sie am andern Ende des Tisches wieder her. Dann weitet er sein Spiel auf den ganzen Raum aus, und jedes Mal steht er unverrückbar vor dem Beschenkten und wartet mit dem Gesichtsausdruck des Unnachgiebigen, bis man sich herzlich und überschwänglich bei ihm bedankt. Als er die Weinflasche abräumen will, sieht er sich mit Widerstand konfrontiert. Aber er ist lauter. Rita will ihm zwar die Weinflasche mit dem Argument vorenthalten: »Das ist ein guter Wein«, aber, wie gesagt, er ist lauter.

Die junge Servierkraft hat, ungeachtet der Aussichtslosigkeit, ihre Bemühungen um Frieder wieder aufgenommen, mit malerischen Bewegungen richtet sie immer mal wieder eine Kleinigkeit zurecht. Mal rückt sie Salz und Pfeffer etwas näher, dann tauscht sie ein sauberes Dessertlöffelchen gegen ein sauberes Dessertlöffelchen aus, schenkt Wasser nach, solche Kleinigkeiten eben. Rita bemerkt davon nichts, Frieder auch nicht. Nur mir fällt es auf, so dass ich mich an meinen Arzttermin nächsten Mittwoch erinnere. Wenn ich auf einer kalten Behandlungsliege liegen werde, der Internist in meinen Gedärmen nach Gründen für diese dringend empfohlene Vorsorgemaßnahme suchen wird und dessen junge Assistentin der Pein auch noch die Schmach hinzufügt.

Der Schneefall wird stärker. Jetzt wird es langsam höchste Zeit für die beiden noch verbliebenen Einheimischen. Ihre Holzarbeiten vom Tage haben sie nun ausgiebig hinuntergespült, haben hier an dem kleinen Tisch neben der Schank gesessen und dem Haus sein besonderes und so beliebtes Flair verliehen, jetzt machen sie sich auf, sie wollen noch ins Tal. Weil ihr Zustand noch schlimmer ist als das Wetter, macht niemand den Versuch, sie aufzuhalten. So Einheimische lassen sich nicht gern von sich selber abbringen. Bei dem Wetter und um diese Zeit ist aber niemand mehr da draußen unterwegs, sie können also keinen großen Schaden anrichten.

Arnold ist dann nicht mehr rausgegangen in die Raucherecke. Er ist nicht einmal mehr rausgegangen, um zu rauchen. Nachdem ihm Anna entdeckt hat, dass sie ihn entdeckt hat, wie er da mit einem kleinen Geheimnis turtelt, sind natürlich nahezu alle seine Bewegungen und Regungen unter Verdacht. Von jetzt an regiert der Verdacht. Sogar, wenn er auf seinem Handy nach der Uhrzeit sehen will, regt sich sogleich der Verdacht. Ein Verdacht braucht im Grunde ja nur ganz wenig, um sich zu ernähren. Ein Verdacht kann sich notfalls sogar ganz und gar von sich selbst ernähren. Aber am liebsten sind ihm doch Erklärungen und Beteuerungen, und am allerliebsten ist ihm das Wörtchen »harmlos«. Wer seinen Verdacht liebt, der verwöhnt ihn mit »harmlos«, da wächst er förmlich über sich hinaus. So ein Flirt ist ja im Grunde eine harmlose Sache. Allerdings auch unter normalen Bedingungen zuweilen durchaus riskant, wenn nicht gar gefährlich. Unter den Bedingungen des Netzes ist ein Flirt jedenfalls ganz und gar unberechenbar. Im Netz weiß man nie, inwieweit das Virtuelle mit dem Realen übereinstimmt. Natürlich, auch in der analogen Welt weiß man nicht so genau, ob das Wahrgenommene dem Wirklichen entspricht. Aber bei einem Flirt im Netz, da fehlen schlicht die Bezugspunkte, um auch nur annähernd die Abweichung zwischen dem Vorgestellten und der Vorstellung beurteilen zu können. Zumal die Harmlosigkeit inzwischen Ausmaße angenommen hat, dass Arnold ernsthaft daran zu zweifeln beginnt, sich nur für seine kurzen SMS-Nachrichten verantworten zu müssen. Nein, er wird sich auch für das verantworten müssen, was in das Geschriebene hineingehofft wurde. Insofern ist es seine Rettung, dass er in Verdacht geraten ist. Ohne den Verdacht wäre er möglicherweise aus der Nummer nicht mehr so schnell rausgekommen.

Annas scharf fragender Blick wird nicht einmal mehr von den Kindern übertönt. Jetzt, wo er den Lärm brauchen könnte, fällt er aus. Die Kinder sind mittlerweile vollkommen übermüdet, Maximilian ist einfach auf dem Boden liegend eingeschlafen, liegt mitten im Weg, so dass der Kellner wie auch die junge Servierkraft einen Umweg gehen müssen, und sein Halbbruder dort drüben soll gerade ins Bett gebracht werden. Während die Affäre und der Ahnungslose noch streiten, wem diese Aufgabe zufällt, will der Kleine den Rest seines Nachtischs, eine Marillen-Palatschinke, in Sicherheit bringen. Er nimmt mit bloßer Hand die halbe, tropfende Marillen-Palatschinke und stopft sie kurzerhand seinem Vater, also dem vermeintlichen Vater, also dem Ahnungslosen, in die Sakkotasche. Weil der aber noch im Streit mit Johanns ehemaliger Affäre steckt, ist er von der Aktion seines Kuckuckskindes derart überrascht, dass er ihm eine schallende Ohrfeige ins Gesicht knallt. Auf der Backe des Kleinen ist sofort der rote Handabdruck des erschrockenen falschen Vaters zu sehen. Dabei wollte der Kleine nur seine Palatschinke in Sicherheit bringen. Zumal in der anderen Sakkotasche schon das übrig gebliebene Schnitzel verschwunden ist, das hat sich der falsche Vater nämlich in Alufolie wickeln lassen und dann einfach eingesteckt. Insofern ist die Ohrfeige unverständlich, und der Kleine plärrt los. Die Mutter hingegen bricht in Gelächter aus.

– Was gibt's da zu lachen?

– Er findet dein Sakko auch hässlich.

– Schau dir die Sauerei an.

– Das ist noch lange kein Grund, meinen Sohn zu schlagen.

– Ich kann meinen Sohn schlagen, wann ich will.

– Deinen Sohn vielleicht. Aber nicht meinen!

An der Stelle mischt sich Johann ein.

– Hat der gerade meinen Sohn geschlagen?

– Chérie, wovon redest du? Dein Sohn liegt hier.

– Ich meine den.

– Isch würde mein Kind niemals schlagen.

– Eben. Und der schlägt nicht meinen Sohn.

– Was soll das heißen?

– Erklär ich dir später. Also, reg dich nicht auf, das war vor deiner Zeit. Der schlägt jedenfalls nicht meinen Sohn!

– Das ist dein Sohn?! Der ist nischt älter als Max.

– Maximilian!

– Er ist sogar kleiner.

– Er ist zwei Monate älter.

– Zwei Monate!!?

– …

Der Kellner bringt warmes Wasser und ein Handtuch, um wenigstens den gröbsten Schaden zu beheben, aber natürlich ist der eigentliche Schaden ein ganz anderer.

Der falsche Vater verlässt mit seinem Kuckuckskind den Raum, geht mit ihm die Treppe hoch zu dem Raum über der Raucherecke, wo sie in ihrem Zimmer verschwinden. Die ehemalige Affäre bleibt allein zurück. Jetzt sitzt sie ein bisschen verlassen da an dem verwüsteten Tisch.

Vera ist noch immer ganz aufgelöst. Besser gesagt schon wieder. Zwischenzeitlich hatte sie sich etwas beruhigt. Als Pavel aber erneut anfängt, über seine verstorbene Frau zu sprechen, zu schwärmen, geradezu sehnsüchtig zu schwelgen, da hat sich Vera wieder in Tränen aufgelöst. Die Tschechen sind eben sehr emotionale Menschen, bemerkt Konrad, hält sich aber ansonsten zurück. Hätte Judith sich nicht so begeistert über die glacierten Maronen geäußert, nebenbei bemerkt gegenüber Helene, nicht gegenüber Pavel, der aber Judiths Bemerkung fast begierig aufgenommen hat, dann wäre es wahrscheinlich nicht so weit gekommen. Überschwänglich erzählt Pavel von seiner verstorbenen Frau, wie er ihr einmal eine Mousse, eine Mousse au Chocolat, zubereitet hat. Sie liebte Mousse au Chocolat über alles, und er wollte ihr seine Liebe ein weiteres Mal von unzähligen Malen bestätigen. Sie, also die Mousse, ist ihm vollkommen misslungen, und das Ganze endete in einem ausgewachsenen Desaster. Jetzt ist Pavel nicht mehr zu bremsen, trotz der vorgerückten

Stunde. Er badet förmlich in der Beschreibung des Streits mit seiner verstorbenen Frau, der wegen der misslungen Mousse au Chocolat entbrannt war. Da ist es dann mit Veras mühsam aufrechterhaltener Haltung vorbei, und sie bricht abermals in Tränen aus. Pavel lässt sich davon weder irritieren noch aufhalten, im Gegenteil, ihre Tränen scheinen ihn anzuspornen.

– Erst hat sie gelächelt, als sie die misslungene Mousse au Chocolat gesehen hat, dann hat sie gelacht, da war ich natürlich gekränkt, aber sie wollte sich nicht entschuldigen …

Das verwundert Rita, und weil sie Pavel in seinem Redefluss nicht unterbrechen will, wendet sie sich an Frieder, muss dafür aber Magda, die neben ihr sitzt, sozusagen umfragen.

– Wofür hätte sie sich entschuldigen sollen?

– Dafür, dass sie gelacht hat. Hör doch zu.

– Dafür, dass sie gelacht hat, hätte sie sich entschuldigen sollen!?

– Dafür, wie sie gelacht hat.

– Wieso soll man sich dafür entschuldigen, wie man lacht?

– Es hat ihn halt gekränkt.

– Meine Güte, wegen einem misslungenen Nachtisch.

– Wegen eines misslungenen Nachtisches! Genitiv (mischt sich nun auch Sam von der anderen Seite her ein).

– Was?

– Genitiv. Auf »wegen« folgt der Genitiv.

– Na ja, wer weiß, vielleicht hat er Salz mit Zucker verwechselt, das wäre schon komisch. Er hat uns ja nicht verraten, wie es ihm misslungen ist (gibt Konrad von ganz oben zu bedenken).

– Du kannst ja fragen. (Auch Helene will Pavels Ausführungen nicht wirklich folgen.)

– …

Pavel lässt sich aber weder von Veras Tränen noch von dem parallel sich entwickelnden Disput abbringen, stattdessen lässt er nichts aus, nicht jenes Geburtstagsgeschenk von ihm, das seiner Frau damals allen Grund gegeben hätte, beleidigt zu sein, dass sie aber nicht beleidigt war, er aber schon, weil sie nicht beleidigt war, sodann betont er, dass sie eben das größte Geschenk für ihn gewesen sei, Vera jault richtiggehend auf, dann erzählt er von den gemeinsamen Urlaubsreisen, darüber, wie sie sich über seinen Fahrstil beschwert habe, wie sie ihn immer kritisiert habe, dass er zwei linke Hände habe, dass er zu nichts zu gebrauchen sei, dass sie immer alles selber machen müsse, sogar damals, die jahrelange Auseinandersetzung mit dem Nachbarn … So schwärmt Pavel von der großartigen Unversöhnlichkeit seiner verstorbenen Frau. Vera flennt wie ein Schlosshund, und Pavel erzählt und erzählt. Inzwischen kümmern sich eigentlich alle mehr oder weniger um Vera.

– Warum weint sie?

– Hat er doch gesagt, sie hat zu wenig getrunken.

– Ich finde das nicht witzig.

– Warum weinst du?

– Magst du noch einen Schluck Wein haben?

– Ich finde das nicht witzig.

– Nein danke (ist dann das Einzige, was Vera unter Schluchzen hervorzubringen imstande ist).

– Das musst du nicht so ernst nehmen.

– Das sagst du so. Also, ich würde das sehr ernst nehmen.

– Wir kennen doch gar nicht die Hintergründe, vielleicht ist das ja bei denen ganz normal.

– Vorsicht, was du da sagst.

– Was hab ich denn gesagt?

– »Bei denen«, das kann man leicht als Vorurteil auslegen.

– So hab ich's doch gar nicht gemeint.

– Vielleicht hat es Pavel auch nicht so gemeint.

– …

Der jedenfalls erzählt einfach weiter.

– Als wir das erste Mal bei ihren Eltern waren, meine zukünftigen Schwiegereltern haben mich aufgenommen wie einen Sohn, da hat ihre Mutter, mir zu Ehren, ein Rindfleisch mit einer Senfsauce gemacht, es war grauenvoll, aber ich habe es gelobt, bei jedem Bissen habe ich es aufs Neue gelobt. Bei jedem Bissen, um mich nicht erbrechen zu müssen, habe ich gelobt. Mir wird noch immer ganz schlecht, wenn ich daran denke. Bei jedem Bissen gelobt. Ihre Mutter war hingerissen von mir. Immer wieder hat sie gesagt, Pavel, du bist der Richtige für meine Kleine …

Und wieder heult Vera auf, als würde man ihr die Fingernägel aus dem Nagelbett reißen. Oder Ähnliches. Nichts und niemand ist in der Lage, ihren Tränenfluss zu bändigen. Der Kellner bringt Papiertaschentücher – und Wein. Mit Tischkärtchen wäre das nicht passiert. Ich wünschte, der kleine Maximilian würde noch munter und fidel die Runde aufmischen, seine Stühle durch den Raum krawallen und allen ordentlich auf den Nerven herumtrampeln. Aber der liegt dort drüben auf dem Boden und schläft seelenruhig – jetzt, da man ihn dringend bräuchte. Manche versuchen sich als Tröster, andere als Analytiker, dann gibt es jene, die es mit Ablenkung probieren, und jene, die mit Lösungen kommen. Nichts will das Weinen beenden.

– Es ist wohl noch etwas früh, dass er sich auf was Neues einlässt.

– Für ihn vielleicht. Aber sie weiß wenigstens gleich, wo sie dran ist.

– Vielleicht sollte sie sich ein bisschen hinlegen.

– Ich hab Baldriantropfen bei mir.

– Du hast was?

– Ich habe immer Baldrian bei mir.

– Wofür brauchst denn du Baldrian?

– Ja, was glaubst du denn.

– Was soll das heißen?

– Du bist auch nicht immer ganz einfach. Das kann ich dir sagen.

– Was meinst du damit? Willst du jetzt auch noch anfangen, hier rumzuflennen?

– Genau das meine ich. Du musst dir mal zuhören. Das fällt dir gar nicht mehr auf, immer dieser Unterton, der ist schwer zu ertragen, das kann ich dir sagen.

Und dann versucht sich Sam als Tröster.

– Wenn man bedenkt …

Und tatsächlich, es scheint zu funktionieren, Vera wird ruhiger.

– … dass die chemische Zusammensetzung von Tränen auch von der Ursache abhängt, also emotionale Tränen bis zu einem Viertel mehr Proteine enthalten, dann sind deine Tränen von einem gewissen Standpunkt aus betrachtet sogar gesund …

Vera hat sich tatsächlich etwas beruhigt, schniefend widmet sie sich ihrer Handtasche. Und auch Pavel hat seine Ausführungen über seine verstorbene Frau endlich zu einem Ende bringen können. Nach einigem Suchen findet Vera endlich das Gesuchte, ihre Sonnenbrille. Hinter der versteckt sie nun ihre verweinten Augen. Nach dem schamlosen Heulen die verschämte Attitüde. Sam ist, das muss man sagen, immer noch ein großartiger Tröster vor dem Herrn.

Natürlich dauert es immer eine kleine Weile, bis sich nach so einem Wirbel jeder wieder gebührend den üblichen Banalitäten zuwendet, so dass alle hinterher sagen können, es war ein schöner Abend. Nur Rita kann es wieder einmal nicht abwarten. Sie platziert, noch bevor ruhiges Gemurmel die Szene übernimmt, mitten hinein in die noch etwas aufgeregte Stille ob des soeben erlebten Theaters ihr Unverständnis.

– Kann die sich nicht ein bisschen zusammenreißen?

Die Bemerkung war eigentlich nur für Judith, die neben ihr sitzt, gedacht. Aber weil das in dem Moment die einzigen Worte im ganzen Raum sind, sind sie auch gut für alle zu hören. Das verlängert natürlich das Schweigen und macht es obendrein noch betreten. Nun hat es den ganzen Abend gedauert, bis hier meine Vergangenheit und meine Wirklichkeit langsam und mühsam einigermaßen zusammengefunden haben, und dann das. Vera, so scheint es, will schon Luft holen, da wirft sich Helene in die Arena und versucht den Rest des Abends zu retten.

– Das ist doch auch eine schwierige Situation.

Das betretene Schweigen will trotz dieser sicherlich richtigen Erkenntnis nicht wirklich enden.

– Ich meine, so in einer ganz fremden Umgebung, dann die Geschichten von früher, und wahrscheinlich hat sie sich was ganz anderes erwartet, denk ich mal.

Und niemand hat mehr einen abgegessenen Teller vor sich stehen, von dem er die letzten Krümel aufpicken könnte. Bleibt der Wein. Ich bin mir unsicher, aber ich meine soeben beobachtet zu haben, wie Johann einen verstohlenen Blick zu seiner von der Familie sitzengelassenen, ehemaligen Affäre hinübergeworfen hat. Der Abend gerät auf die abschüssige Bahn. Ich habe zwar keine Erfahrung mit Einladungen, aber man hat ja trotzdem ein Verantwortungsgefühl. Allerdings fällt mir nicht viel mehr ein, als auf meinen abgebrochenen Versuch einer Ansprache zurückzugreifen.

– Das mag jetzt vielleicht ein bisschen spät sein, aber wenn ihr nichts dagegen habt, dann möchte ich gerne noch etwas sagen. …

Inzwischen hat die Situation, gerade auch in ihrer Angespanntheit, eine fast familiäre Atmosphäre erlangt, der Kellner ist bekifft, die Servierkraft hat nur Augen für Frieder, die feindliche Tischgesellschaft dort drüben hat sich zwar aufgelöst, sich aber doch als weit mehr dazugehörig entpuppt als die meisten anderen hier, und was sich eigentlich in Freundschaft verbinden sollte, das baut gerade ordentlich Fronten auf. Meine Vergangenheit und meine Wirklichkeit scheinen sich nicht wirklich näherkommen zu wollen. Ich finde es einen guten Zeitpunkt für eine kleine Ansprache.

– Als ich es vorhin versucht habe, da hatte ich eine vorbereitete Rede im Kopf, die sollte den Abend irgendwie einleiten, ich wollte euch gegenseitig vorstellen, bekannt machen, so was halt. Das ist jetzt nicht mehr nötig. Jetzt würde ich euch gerne noch etwas sagen. Nächsten Mittwoch bin ich bei meinem Internisten, der hat mich dringend ermahnt, endlich eine Darmspiegelung vornehmen zu lassen, in meinem Alter sei das dringend geboten, hat er immer wieder gesagt. Ich weiß nicht, wie ich auf den Befund reagieren werde, und noch gibt es ja keinen. Aber weil mir alle dringend raten, eine solche Untersuchung machen zu lassen und alle immer mit einem Beispiel daherkommen, bei dem entweder die Untersuchung lebensrettend war, weil sie gerade noch rechtzeitig vorgenommen wurde, oder lebensrettend hätte sein können, wäre sie rechtzeitig vorgenommen worden, macht man sich so seine Gedanken. Angesichts dieser Erfahrungswerte erscheint mir die Wahrscheinlichkeit, dass kein beziehungsweise ein negativer Befund möglich wäre, inzwischen doch sehr gering. Je länger ich diesen Termin in meinem Kalender habe, umso zwingender erscheint mir das Unausweichliche. Wie auch immer, ich weiß jedenfalls nicht, wie ich darauf reagieren werde. Ich habe mich das oft gefragt, wäre ich lieber der Erste oder wäre ich lieber der Letzte?

– Was meinst du damit?

– Na, wäre ich lieber der Erste, der geht, oder möchte ich lieber euch alle erst ins Grab bringen und dann erst gehen, als Letzter.

– Willst du uns den Abend verderben?

– Warum? Ich habe nur eine Frage erwähnt, die ich mir eben so stelle.

– So viel hast du doch noch gar nicht getrunken.
– Ich habe jedenfalls genug getrunken, um mir diese Frage zu erlauben. Es ist nur eine Frage.
– Na ja, eine Frage würde ich das nicht nennen.
– Einfach so vor sich hin zu leben ändert jedenfalls nichts daran, dass man sich am Ende ein paar Fragen stellen muss.
– Umgekehrt, dass man sich möglicherweise ein paar Frage stellen wird, ändert nichts daran, dass man trotzdem vorher leben muss.
– Genau. Immer eins nach dem anderen. Schön die Reihenfolge einhalten, sonst kommt man ins Stolpern.
– Meine Güte, das ist eine Geburtstagseinladung, das soll an den Anfang erinnern, und zum Anfang gehört auch ein Ende. Ich wollte halt mal den ganz großen Bogen spannen.
– Schon gut, wir haben's verstanden, du willst also nächste Woche sterben …
– Wir können uns auch weiter über Autos unterhalten, wenn ihr wollt. Aber mit Verlaub, außer Sentimentalitäten ist euch dazu auch nicht wirklich was eingefallen.
– Jetzt sei nicht gleich beleidigt, halt deine Rede.
– Ich bin überhaupt nicht beleidigt. Das ist mir eine

wichtige Frage. Und falls es noch nicht angekommen sein sollte, die Frage ist ein Dankeschön an euch, das ist ein Kompliment. Ich wollte damit sagen, dass ich eure Gesellschaft schätze, und das hoffentlich so lange wie möglich. Aber ich will auch nicht übrig bleiben und zusehen, wie ihr alle geht.

– Du hast doch zu viel getrunken.

– Es ist typisch für dich, willst ein Kompliment machen und versaust den ganzen Abend.

– Also für mich stellt sich die Frage sowieso nicht, ich werde sicher der Erste sein, bei meinem Lebenswandel.

– Nicht immer funktioniert das mit deinen Witzchen.

– Gibt es denn einen Grund für diese Untersuchung?

– Das Alter.

Nur kurz am Rande notiert: Marie ist erschöpft, sie hatte einen langen Tag, sie schnappt sich ihren am Boden schlafenden Maximilian und legt sich mit ihm drüben auf das Kanapee. Das Möbel stammt noch von dem berühmten Erbauer dieses architektonischen Kleinods und ist eigentlich nur ein original erhaltenes Schmuckstück, das den Raum zieren soll, dort schläft sie seelenruhig ein. Aber das nur am Rande, davon nimmt hier keiner Notiz.

– Ich hab das auch schon mal über mich ergehen lassen, ist unangenehm, aber harmlos.

– Darum geht's mir nicht. Mir geht's um den Blickwinkel. Wir sind immer alle gewohnt, von hier aus nach vorne zu sehen, immerzu sehen wir nach vorne, wir pflügen uns quasi durch unsere Terminkalender und schauen immer ganz gebannt auf das, was kommen wird, was man noch machen muss, was werden wird, was es zu erledigen gibt, wehe dem, dem die Pläne ausgehen. Und dann plötzlich, vielleicht muss der Internist nicht einmal was sagen, vielleicht reicht es, wie er seine Assistentin anschaut, und plötzlich dreht sich alles um. Versteht ihr? Das meine ich.

– Du willst uns doch den Abend verderben.

Aber jetzt bin ich in Fahrt gekommen, jetzt will ich mich nicht mehr aufhalten lassen. Zum Glück sitzt noch die Affäre am Nebentisch, ihr Ahnungsloser bringt inzwischen den Sohn ins Bett, er muss mittlerweile eigentlich verstanden haben, dass es nicht sein Sohn ist, aber er bringt ihn trotzdem ins Bett. Vielleicht Gewohnheit.

– Freunde sind wirklich schwierig. Freunde machen es einem immer schwer. Feinde machen es einem leicht. Die sind einfach Feinde. Basta. Die sind eine richtige Erholung im Vergleich zu Freunden. Bei Feinden kann man nichts falsch machen. Aber Freunde! Da muss man jedes Wort auf die Goldwaage legen. Meine Güte, was ist so eine Freundschaft doch immer so sensibel, fürchterlich.

– Ist ja gut.

– Eine Feindschaft hält alles aus, der ist es vollkommen egal, ob ich mich bemühe oder nicht. (Mich an die Affäre wendend:) Nicht wahr? Für Sie muss sich das hier alles gleichermaßen feindlich anfühlen. Alles hier eine unerträgliche Suppe von Feinden, wir können hier machen, was wir wollen, es dient alles der Feindschaft. Hab ich recht?

– Lass dich nicht schon wieder ablenken. Komm zum Punkt.

An der Stelle kann ich es deutlich sehen. Auch wenn sich Johann redlich bemüht, seinen Blick, den er zu seiner Affäre hinüberschickt, unbeteiligt, irgendwie normal aussehen zu lassen, ich kann deutlich sehen, dass der Blick ein entschuldigender ist. Ja tatsächlich. Als wolle er sich für meine Worte bei ihr entschuldigen. Oder dafür, dass ich sie überhaupt miteinbezogen habe, wo sie doch ohnehin schon während des ganzen Abends unfreiwilliger Teil der Einladung ist. Es ist ein entschuldigender, ja geradezu ein mitleidiger Blick, jetzt, wo sie dort drüben so ganz alleine sitzt. In ihrem verschmutzten Kostüm. Aber wie Konrad richtig bemerkt hat, ich soll mich nicht ablenken lassen.

– Wenn ich mir das Leben so anschaue, und genau das erlaube ich mir jetzt mal, also von diesem Punkt heute, sozusagen von hinten, ob es schon von ganz hinten ist oder vorerst nur von etwas weiter hinten, wird sich ja am Mittwoch dann rausstellen, von hier aus betrachtet sieht der Anfang jedenfalls ganz anders aus. Alles hat begonnen mit nicht viel mehr als Neugierde. Man kommt auf die Welt, und alles ist erst einmal eine unendliche, bunte Wiese, überall gibt es was zu entdecken und zu erleben. Eine endlose Wiese voller Wunder.

– Du bist und bleibst ein unverbesserlicher Romantiker.

– Man macht sich also auf Entdeckungsreise, und irgendwann passiert es dann, dass man an so was wie eine Grenze stößt, es fühlt sich an wie ein unsichtbarer, aber elektrisch geladener Zaun, an den man anstößt. Man schreckt natürlich zurück, wundert sich ein wenig und trollt sich in eine andere Richtung weiter. Irgendwann, an einer ganz anderen Stelle, stößt man wieder an diesen unsichtbaren elektrisch geladenen Zaun, holt sich wieder einen

Schlag. Dann wieder und wieder und wieder und wieder. So lernt man, dass um einen herum eine zwar nicht sichtbare, aber sehr wirkungsvolle Grenze gezogen ist.

– Ich finde, Grenzen sind dazu da, überwunden zu werden.

– Das ist romantisch. Das kämpferische Idyll. Sehr heldenhaft. Ich sehe das anders. Der Witz an der Sache ist nämlich, dass jedes Mal, wenn man an diesen Zaun stößt und dabei einen Schlag bekommt, dass der Zaun ein Stückchen näher rückt. Immer näher. Mit jeder Berührung, mit jedem Schlag, immer ein Stückchen näher. Die Grenzen werden immer enger. In der ersten Zeit ist man noch ganz seiner Neugierde, den Blumen, den Gräsern, den seltsamen Käfern und bunten Schmetterlingen verfallen, und immer wieder, aus dem Nichts, kriegt man einen Schlag, und die Grenze zieht sich ein wenig enger. Je länger so ein Leben dauert, umso mehr ist es von den elektrischen Schlägen aus dem Nichts, von den näher rückenden Grenzen geprägt. Heute steht man da und rührt sich kaum noch, aus Angst, man könnte diesen unsichtbaren Zaun berühren. Man steckt die Schläge nicht mehr so gut weg. So steht man da und rührt sich kaum noch.

– Jetzt ist es doch noch eine richtige Rede geworden. Respekt.
– Also, ich kann nicht sagen, dass ich nur noch in der Ecke stehe und mich nicht mehr bewege.
– Das war eine Metapher, ein Bild, symbolisch gemeint.
– Trotzdem. Wir gehen zum Beispiel jedes Wochenende Rad fahren.
– Und wenn du an einem Wochenende mal sagen würdest, ich habe keine Lust?
– Lieber nicht. Das kann ungemütlich werden.
– Genau das hat er gerade gemeint (hilft Konrad aus).
– Ist ja auch nur ein Bild gewesen.
– Jetzt rudere mal nicht gleich wieder zurück, das war ein gutes Bild.
– Wieso? Geht's dir auch so? Ist dir auch alles zu eng?
– Nein, überhaupt nicht. Ich fand das Bild trotzdem irgendwie treffend.
– Ich finde, das ist so ein Alt-Herren-Quatsch, von wegen: Soll das schon alles gewesen sein und so? Nenn das Kind doch beim Namen und drucks nicht so um den heißen Brei rum.
– Was du wieder denkst.
– Wieso, was ich wieder denke? Was der wieder denkt.

– Was hab ich denn gedacht?
– Du weißt schon, was du da wieder gedacht hast.
– Ich habe nur was beschrieben. Ich habe versucht, ein Bild für so ein Leben zu finden. Meine Güte.
– Du versteckst dich immer hinter solchen Bildern, wie du das nennst. Sag doch, dass es dir langweilig ist. Dass du auf ein Abenteuer aus bist.
– Das habe ich nicht gesagt.
– Aber gemeint hast du es.
– Hab ich nicht. Ich wollte nur so eine Art Skizze entwerfen, von der ich dachte, dass wir uns alle mehr oder weniger drin wiederfinden könnten. Ich wollte was Verbindendes, irgendwas beschreiben, was auch was Tröstliches hat, einfach, weil wir es alle kennen, so etwas wie einen kleinsten gemeinsamen Nenner.
– Was soll daran tröstlich sein?
– Deine kleinen, billigen Klischees sind auch nicht tröstlicher.
– Was soll das jetzt wieder heißen?
– Hauptsache, es ist so, wie alle wollen, dass es sein soll. Wehe, da kratzt mal wer an der mühsam aufrechterhaltenen Fassade. Dann bricht immer gleich die Welt zusammen.
– Vielleicht ist mein Leben ja ein bisschen profan, ein

bisschen billig. Kann schon sein. Und wenn schon. Was ist denn daran so verwerflich, dass man es einmal ein bisschen schön haben will?

– Hat doch keiner gesagt.

– Immer muss alles so kompliziert, so bedeutend sein. Das geht mir mächtig auf die Nerven, das kann ich dir sagen. (Eine kleine Pause zum Luftholen bleibt für einen Moment im Raum hängen, dann geht's weiter.) Vielleicht ist es gar keine schlechte Idee, Erster zu sein.

– Wer jetzt. Du oder ich?

– Du natürlich.

Johann ist währenddessen, von mir vollkommen unbemerkt, rausgegangen. Ich war gerade doch mehr involviert, als mir lieb ist, so dass ich nicht mitbekommen habe, dass Johann rausgegangen ist, wahrscheinlich zum Rauchen. Aber damit nicht genug, auch seine Affäre sitzt nicht mehr an dem Tisch dort drüben. Der ist buchstäblich verwaist. Weil ich es nicht mitbekommen habe, kann ich also auch nicht sagen, ob sie mit Johann draußen in der Raucherecke oder ob sie einfach nur auf ihrem Zimmer ist, jenem über der Raucherecke. Was ich auch nicht genau mitbekommen habe, ist, von wem dann der Vorschlag gekommen ist, das Gastmahl mit einem Schnaps und einem

Kaffee abzurunden. Es soll hier in der Gegend ja ganz ausgezeichnete Schnäpse geben. Wahlweise Grappa, das ist immer gut, da kann man nicht viel falsch machen. Ein zwar lobenswerter Vorschlag, der auch rundherum auf ausreichend Interesse stößt, er ist aber doch nur von oberflächlicher Wirkung. Aber immerhin. Eine Weile scheint man sich wieder in gegenseitigem Wohlwollen zu versuchen. Dann bringt Anna unvermittelt einen neuen Tonfall ein.

– Ich möchte auch noch kurz was sagen.

Solche Ankündigungen klingen gern einmal wie eine Drohung. Das irritiert ein wenig. Alle schauen abwechselnd zu Anna, dann wieder sich untereinander an, Pavel bestellt als Erster einen Schnaps. Dann ist sich Anna der notwendigen Aufmerksamkeit sicher und sagt, was sie zu sagen hat.

– Ich war's.

Ein seltsames Staunen ergreift die Runde. Keiner kann mit Annas Beitrag, der ganz offensichtlich eine Art Geständnis sein soll, etwas anfangen.

– Was warst du?

Arnold scheint der Einzige zu sein, der weiß, was mit diesem »Ich war's« gemeint ist, und aus dem Grund möchte er auch unbedingt die Sache noch abbiegen.

– Ich bitte dich. Lass es.

– Nein, wieso? Ich finde, er hat ein Recht darauf, es zu erfahren.

– Was soll ich erfahren?

– Ach, das spielt eigentlich keine große Rolle. Es ist nicht weiter wichtig (ist Arnold noch immer bemüht abzuwiegeln).

– Was bitte ist nicht weiter wichtig?

– Ich hatte die Idee zu der Einladung heute Abend.

– Siehst du, habe ich doch gesagt. Es ist nicht weiter wichtig.

– Es war meine Idee.

Dieses Geständnis scheint von gravierender Tragweite. Allein, niemand hier am Tisch kann ebendiese Tragweite in irgendeiner Weise ermessen. Ich muss aber auch sagen, dass ein nicht zu definierendes Unwohlsein meinen Magen erobern will.

– Ja und?

– Erinnerst du dich an unseren kleinen Ausflug im Frühsommer?

– Ja natürlich. Da sind wir dort am Fenster gesessen, draußen schien die Sonne, und ich hatte Speckknödel. Klar, weiß ich das noch.

– Richtig. Und Arnold meinte noch, hier könntest du mal deinen Geburtstag feiern.

– Weil die hier noch original erhaltene Gästezimmer haben.

– Genau so war es (bleibt Arnold unermüdlich in seinem Versuch, das Weitere abzuwenden).

– Das ist aber nur der eine Teil der Geschichte.

Aha?

– …

Das hätte ich Anna nie zugetraut, das muss ich sagen. Wie sie an der Stelle eine derart dramaturgisch bedeutende Pause zu inszenieren versteht, das genießt meine ganze Bewunderung und versetzt mich, das muss ich hinzufügen, in Verängstigung. Sie schenkt sich umständlich ein Glas Wasser ein, Wasser, nicht Wein! Wo hat sie nur diese dramatische Präzision gelernt? Es ist ebenso erstaunlich wie bewundernswert, wie souverän sie mit ihrer ganzen kühlen und nüchternen Distanz auf der Klaviatur der Emotionen zu spielen versteht.

– Du hast es zwar vollkommen richtig in Erinnerung. Aber es ist trotzdem nicht so gewesen.

– Also, ich erinnere mich richtig, aber falsch. Meinst du das?

– Ja.

– Und wie müsste ich mich erinnern, wenn ich mich richtig richtig erinnern wollte?

– Das Ganze war eine Wette.

– Das spielt doch jetzt keine Rolle mehr (versucht Arnold noch ein letztes Mal die Sache abzubiegen).
– Was war eine Wette?
– Diese Einladung.
– Also, meine Einladung war eine Wette!?
– Genau.
– Stehe ich jetzt gerade nur auf der Leitung, oder habe ich irgendwas nicht mitbekommen?
– Ist nicht so kompliziert. Die Geschichte hat einfach nur eine Vorgeschichte.
– Nämlich eine Wette.
– Mehr ist es nicht.
– Was genau war die Wette?
– Wir haben irgendwann einmal zusammengesessen und darüber gescherzt, wie leicht ein Mensch zu manipulieren ist. Und dann haben wir uns gedacht, das probieren wir einfach mal aus. Arnold sagte, du zum Beispiel wärest ein besonders schwieriger Fall. Ich sagte, du wärest der leichteste Fall von allen. Also haben wir gewettet. Dass es nämlich ganz leicht sein würde, dich dazu zu bringen, so eine Einladung zu machen.
– Wie kommt ihr darauf? Ich habe vorher noch nie eine Einladung gemacht.
– Eben. Genau das war der Punkt. Das war die Wette.

– Ich habe dich jedenfalls für standhafter gehalten.
– Ich hab's dir gleich gesagt, es braucht nur einen kleinen Schubs, und schon gibt er sein »noch nie« auf.
– Einen kleinen Schubs.
– So ist es dann im Frühsommer zu diesem Ausflug gekommen. Wir wollten im Grunde das erst einmal ausprobieren. Es sollte eigentlich nur ein Testlauf sein. Aber es war dann viel leichter als gedacht. Es brauchte nur den kleinen Hinweis mit den original erhaltenen Zimmern.
– Und schon war klar, dass du damit bei deinen Freunden punkten willst.
– Es war viel einfacher als gedacht.
– Ich habe dich für standhafter gehalten.
– Ich war mir sicher, dass du ziemlich leicht zu manipulieren bist.
– Das war also die Wette.
– Gewissermaßen.
– Dass ich leicht zu manipulieren bin.
– So würde ich das nicht sagen.
– So würde ich das sagen.

Das lässt die Einladung natürlich in einem ganz neuen Licht erscheinen. Daran muss man sich erst einmal gewöhnen.

– Du hast jedenfalls die Wette gewonnen.

– Mich würde nur noch eins interessieren. Was war denn der Einsatz?

– Das spielt keine Rolle.

– …

Ich bereue die Frage auf der Stelle. Deshalb frage ich auch nicht nach. Es genügt fürs Erste, dass die eigene Wahrnehmung keinen Pfifferling wert ist. Aber damit nicht genug. Der Erkenntnis, ziemlich leicht manipulierbar zu sein, folgt gleich die nächste. Hätte ich's nicht gewusst, hätte es mich nicht gestört. Ich war schon kurz davor, ganz zufrieden mit mir zu sein, wollte mich schon innerlich loben, doch noch eine Einladung, wenn auch ganz ohne Erfahrung, über die Bühne gebracht zu haben, und dann eröffnet mir Anna, dass das hier eigentlich gar keine Einladung ist. Eben war ich noch Gastgeber, jetzt bin ich nur noch eine Flipperkugel, die offensichtlich ganz nach Belieben durch das eigene Leben gekugelt werden kann.

Durch diesen unfreiwilligen Perspektivenwechsel rücken die Dinge in eigenartig neue Beziehungen. Zum Beispiel, nur jetzt einmal wild herausgegriffen, Wissen und Handeln. Also in meinem Fall, hätte ich mit dem Wissen (über die Hintergründe) gehandelt? Hätte ich diese Einladung zustande gebracht? Ob man sich jetzt hier in diesem architektonischen Kleinod zu Zander und Wein trifft, das ist natürlich vollkommen unerheblich, aber die Frage, ob Wissen ermöglicht oder verhindert beziehungsweise welches Wissen was ermöglicht und welches Nichtwissen was verhindert, oder umgekehrt, welches Nichtwissen was ermöglicht und welches Wissen was verhindert ...? Die Frage ist schon noch eine weitere Flasche Wein wert. Ich kann auch ein anderes Beispiel nehmen: Transparenz. Gerne auch unter dem Etikett »Ehrlichkeit« gehandelt. Wie gesagt, der Vorgang des hier stattfindenden Zusammenkommens und auch die Einladung selbst, das ist vollkommen unerheblich – Annas Ehrlichkeit hat zwar ehrlich transparent dargelegt, wie alles zustande gekommen ist, aber damit auch all das vernichtet, was es hätte sein sollen und können. Nämlich ein unbedarftes Vergnügen. Jetzt ist es was anderes. Mehr eine Entlarvung. Was selbstverständlich auch ein Vergnügen sein kann. Zumal heutzutage. Wo das jederzeit Alles-wissen-Wollen auch seine technischen Äquivalente bereitstellt. Wahrscheinlich wird man eines Tages diese Zeit heute als »die weiße Zeit« definieren. Alles ist in so helles, grelles, weißes Licht getaucht, dass man im ganzen Alleswissen nichts mehr erkennt. Für mich bleibt trotzdem die Frage: Kann das, was ist, noch ein Vergnügen sein, wenn man weiß, wie es zu dem wurde, was es ist? Genauer gefragt: Kann das, was ist, überhaupt das sein, was es ist, wenn man weiß, was es eigentlich ist?

Jetzt, wo sich bei mir gerade die Blickwinkel verschieben, sich alles wieder neu ordnen muss, schiebt sich natürlich auch Arnolds Gesicht wieder in Erinnerung, vorhin, als er entdecken musste, dass sein heimliches Abenteuer auf dem Handy längst entdeckt ist. Man konnte direkt in seinem Gesicht lesen, wie alles Abenteuerliche verschwand. Als hätte man den Stecker gezogen. Von der Farbe zu verschiedenen Stufen von Grau. Gibt es eigentlich noch etwas Interessantes, wenn alles bekannt ist? Wenn alles bekannt ist, was ist dann eigentlich bekannt, was kennt man, wenn man alles kennt? Man kann Ehrlichkeit fordern, keine Frage, vielleicht muss man sogar Ehrlichkeit, Transparenz fordern, auch möglich, erträglich ist es nicht … Meine Güte. Es war nur eine Wette, mehr nicht!

Wie auch immer. Jetzt, wo die Hintergründe beleuchtet sind, ist auch die Situation eine ganz und gar andere. Jetzt kann ich beispielsweise nicht mehr, wie ich eigentlich gerne würde und weil auch die Gelegenheit günstig ist, denn Pavel und Vera schicken sich an, auf ihr Zimmer zu gehen, die Runde verlassen, um mich hinzulegen. Geht jetzt nicht mehr. Der Eindruck, ich sei gekränkt oder beleidigt, der wäre unvermeidlich. Erklärungen, Beteuerungen könnten da nichts bewirken. Was mir einzig und allein bleibt, ist, auszuharren! Mehr geht nicht. Wie ich es vorhin ausgeführt habe, der Spielraum wird immer enger. Und nicht nur, dass ich nicht gehen kann, auch das Bleiben will situationskonform gehalten sein.

Die junge Servierkraft hat Frieder inzwischen aufgegeben, Johann ist noch immer nicht wieder aus der Raucherecke zurück, auch die Affäre bleibt verschwunden, nur der Kellner macht es sich leicht, er legt seine Schürze ab und setzt sich ohne Umschweife zu uns an den Tisch. Natürlich ist er hoch willkommen, hat er doch unendlich viele Geschichten über das Haus, dieses architektonische Kleinod und in anspruchsvollen Kreisen so beliebte Ausflugsziel, zu berichten. Meine Gäste, na ja, Gäste sind es jetzt eigentlich ja nicht mehr, sie sind mehr Wettgegenstände, würde ich sagen, jedenfalls sind sie begierig, diese Geschichten zu hören. Ich nicht. Ich habe Kopfschmerzen. Ich kann den Geschichten auch nicht wirklich folgen, trotz angestrengten Zuhörens, ich bin bei jedem Satz auf das Äußerste angespannt, um auch ja an der richtigen Stelle möglichst entspannt zu lachen oder mich zu wundern oder ihn, den ehemaligen Kellner und jetzigen Geschichtenerzähler, zu bewundern. Das Zuhören ist ein recht anstrengendes, denn meine Gesichtszüge wollen ordentlich diszipliniert sein, sie sollen unter keinen Umständen Anlass zur Interpretation geben. So höre ich den Geschichten zwar sehr konzentriert zu, bekomme aber gleichzeitig von den Geschichten selber nichts mit. Langsam gleitet der Abend hinüber ins Paradoxe. Johann ist nicht mehr wiedergekommen aus der Kälte, hat sich unbemerkt auf sein Zimmer geschlichen, so nehme ich jedenfalls an, denn so lange wird er es draußen in der Kälte kaum ausgehalten haben, drüben auf dem Kanapee liegt Marie mit ihrem kleinen und jetzt geradezu liebenswert süßen Maximilian. Wie sie es hinbekommt, auch noch im Schlaf derart in eine anmutige Bewegung hineingegossen dazuliegen – ein Gemälde. Was für ein Gemälde. Pavel und Vera werden sich in Tränen der Versöhnung wahrscheinlich vereint haben, und ich sitze hier mit meiner Vergangenheit. Die hält immer lange aus, die Vergangenheit hält immer lange aus. Die ist letztlich das, was einem bleibt. Und neben mir die Ursache. Darauf hat sich meine Wirklichkeit gewissermaßen reduziert, auf die Ursache. Einerseits Magda, die zu meiner ganzen Hoffnung schon etwas schwächelt, denn ihr dürfte ich mich, ja müsste ich mich anschließen dürfen, sollte sie die Runde, den Abend aufgeben und ins Bett, also in ein original erhaltenes Bett, gehen wollen. Und andererseits Arnold und Anna, die diese Einladung ja eigentlich inszeniert haben. Die Stimmung ist jedenfalls gut. Meine nicht. Ich habe Kopfschmerzen. Übrigens kenne ich das. Das hatte ich schon als Kind, bei Familienausflügen. Immer wenn das Wochenende nahte und die Familie ihr Familiesein zelebrieren wollte, gerne mit einem dieser beliebten Ausflüge zu einem dieser beliebten Ausflugsorte, bekam ich Kopfschmerzen. Wegen der Anspannung. So ein Ausflug war ja immer eine anstrengende Sache, da geht es um was, da geht es um Entspannung, gemeinsame Entspannung! Daher die Kopfschmerzen. Die habe ich nämlich nicht des Weines wegen. Ich konnte gar nicht so viel trinken, dass ich vom Trinken hätte Kopfschmerzen bekommen können. Wegen der Kopfschmerzen konnte ich nicht so viel trinken, dass ich davon hätte Kopfschmerzen bekommen können. Trotz dieser Kopfschmerzen ist hier noch kein Entkommen. Der Kellner erzählt, Magda hält sich tapfer, und ich versuche mich zu verhalten. Nicht so einfach. Wie soll man bleiben, wenn man gehen will? Das Gehenwollen macht das Bleibenmüssen ziemlich anspruchsvoll. Aber wenigstens hat sich mir durch diese etwas ungewöhnliche Lage, nun ja, für einen ungeübten Einlader ist eine Einladung natürlich eine ungewöhnliche Lage, quasi mein Lebensmotto entdeckt. Auch nicht schlecht. So weiß ich wenigstens, wo ich dran bin, mit mir. Wer kann das schon von sich sagen?

Aus Versehen muss ich an Inci denken. Das war keine Absicht. Inci, das ist beinahe vierzig Jahre her. Wie würde mein Freundeskreis heute wohl aussehen, wenn wir damals auf meiner kleinen, gelben Vespa einfach weitergefahren wären? Ich hatte sie abgeholt, wartete auf meiner Vespa vor ihrer Haustür, sie kam herunter, hatte noch einen Jogurtbecher in der Hand, löffelte den Jogurt und schwang sich dabei hinten auf die Vespa. Damals gab es noch keine Helmpflicht für Fahrzeuge dieser Kategorie. Und während wir losbrausten, wollte Inci mir von ihrem Jogurt etwas abgeben, wollte mich von hinten mit einem Löffel Jogurt füttern, ich hatte ja keine Hand frei, hatte beide Hände am Lenker, wie es sich gehört. Der Fahrtwind wischte den Jogurt kurzerhand vom Löffel und klatschte ihn mir ins Gesicht. Mit Inci hätte ich heute sicherlich einen ganz anderen Freundeskreis. Was wird aus ihr wohl geworden sein? Vielleicht ist sie im Drogensumpf verendet, das kann ohne weiteres sein, bei der unbedarften Neugier, die sie so reizend machte. Vielleicht ist sie aber auch nur geschieden, möglicherweise mit zwei Kindern, die längst schon aus dem Haus sind, vielleicht färbt sie sich die Haare feuerrot und macht Yoga. Das kann auch sein.

Daran kann man sehen, es hätte auch ganz anders kommen können. Anders wäre ja nicht unbedingt besser. Aber dass man nicht weiß, wie anders anders ist, das treibt einen natürlich von Zeit zu Zeit etwas um. Und ich muss sagen, ich habe ja noch Glück. Das hier sind ja nicht nur meine Gäste, das sind ja auch meine Freunde. Meine Freunde sind mir ein unbedingter Glücksfall. Man stelle sich einmal vor, nur mal spaßeshalber, man wäre mit lauter Arschlöchern und Idioten befreundet. Fürchterlich! Wenn die eigenen Freunde alles Arschlöcher und Idioten wären. Das wäre doch grauenvoll. Und das Schlimmste wäre, man würde es nicht einmal bemerken, dass man mit lauter Arschlöchern und Idioten befreundet ist, wenn man es denn wäre, denn man wäre ja mit ihnen befreundet. Ich kann also sagen, ich bin noch ziemlich glimpflich davongekommen. Insgesamt.

Langsam macht sich Magda daran, den Abend aufzugeben, der Kellner beginnt bereits ein bisschen sich zu wiederholen, die Sache neigt sich ihrem Ende zu. Jetzt geht es also ans Gehendürfen. Was fast zwangsläufig zu einem Bleibenwollen führt. Denn die Erkenntnis, dass der ganze Abend eigentlich nur eine Wette war – zumal eine Wette, von der ich, der Gastgeber bitte schön, nicht die geringste Ahnung hatte und die mich befürchten ließ, mein ganzes Leben habe sich irgendwie hinter meinem Rücken abgespielt –, hat sich langsam in den Anekdoten-Nebel verzogen und ich habe gerade wieder in ein Gespräch mit Anna gefunden, das durchaus geeignet und erforderlich ist, sich der gegenseitigen Freundschaft zu versichern. Dafür würde ich jetzt gerne noch ein paar Sätze und vielleicht auch noch ein weiteres Glas investieren. Aber Magda ist müde. Überhaupt zeigt die Runde Auflösungserscheinungen. Oben im noch original erhaltenen Zimmer legt sich Magda hin und schläft ein. Ruckzuck. Ich habe mich oft gewundert, mit welcher Geschwindigkeit Magda einschlafen kann. Ich brauche oft mehr Zeit zum Einschlafen als zum Schlafen selbst. Aber Magda kann das. Sie ist, soweit ich das beurteilen kann, überhaupt die schnellste Einschläferin. Für mich ist das Einschlafen keine einfache Sache.

Das Haus ist hellhörig. Unten sind noch die Stimmen der letzten Überreste zu hören. Auch wenn die letzte Flasche längst geleert ist und der Kellner sich bereits zurückgezogen hat, zwei sind noch übrig. Sam und Arnold, wenn ich das richtig höre, suchen noch das

Ende. Ihr Gespräch entschwindet schleppend und mit langen nachdenklichen Pausen durchsetzt in die Nacht.

– Also, ich mach mir da keine Hoffnung.

– Nein. Keine Hoffnung.

– Wär ja sowieso hoffnungslos.

– Eben.

– Da kannst du machen, was du willst. Du kannst nichts machen.

– Du kannst so oder so nichts machen.

– Wenn man erst mal so weit ist, dass man sich Hoffnungen macht, dann ist es eh schon hoffnungslos.

– Andererseits, was soll man machen?

– Ist da noch was drin?

– Mach dir keine Hoffnung.

– Aber jetzt mal im Ernst. Das ist doch reine Illusion.

– Absolut.

– Mehr nicht.

– ...

– Ich finde das keine Grundlage.

– Aber die einzige.

– Nichts mehr drin, oder?

– Dort steht noch ein Glas. Da ist noch was drin.

– Siehst du, es gibt immer einen Weg. Es hat sich doch noch etwas zu trinken gefunden, nicht viel, aber die Hoffnung hat sich gelohnt.

– Bloch.

– Sag ich ja.

– Prinzip Hoffnung.

– Hab ich im Regal – aber nicht gelesen.

– Die Kuh auf der Weide, die macht sich jedenfalls keine Hoffnung.

– Man weiß es nicht.

– Man kann es nicht wissen.

– …

Nachdem auch die letzten Reste aus den noch herumstehenden Weingläsern getrunken sind, bleibt nicht mehr viel zu sagen. Die Stufen knarren, man grüßt sich noch mit wortlosem Einverständnis, dann gehen die beiden letzten Türen in dem beliebten Ausflugsort, wo es noch Zimmer im Originalzustand gibt, zu.

Endlich auf der anderen Seite der Hoffnung angekommen.

Der nächste Morgen

Die Erfahrung des Aufwachens ist Tag für Tag die unvermeidlich gleiche. Man tritt aus dem Schattenreich der Möglichkeiten (in so einer Traumwelt ist ja allerhand möglich, da kann man fliegen oder mit Hühnern reden, da ist alles möglich) und steigt in die Korsage der Notwendigkeiten. Eben noch beim Fechtkampf mit Dämonen, und schon steht man im Badezimmer und ficht mit seiner Zahnbürste gegen den eigenen Zustand. Jeden Morgen wieder. Mit dem Aufschlagen der Augenlider wird die mühsam erarbeitete Erlebniswelt der Nacht vernichtet. Und so ein paar Flaschen Wein machen die Sache auch nicht leichter. Die letzte Nacht musste natürlich für große Gedanken herhalten, Reflexionen über das Versäumte, das Verpasste, das nicht

Erreichte, das liegt in der Natur der Sache. So einen Geburtstag feiert man ja nicht zum Vergnügen. Was nicht zuletzt durch das Aufwachen untermauert wird. Zumal man, einmal aufgewacht, feststellen muss, dass da ohnehin nichts war, was man hätte versäumen, verpassen oder gar erreichen können. Nichts. Es gibt Menschen, die behaupten, dass der Schlaf ein kleines Sterben sei, ich sehe das anders. Das Aufwachen, nicht der Schlaf, das Aufwachen ist ein kleines Sterben. Im grellen Licht des Tages kann sich nichts von dem erhalten, was in so einer Nacht alles sprießt und blüht. Was bleibt, ist der Terminkalender: Mittwoch, Darmspiegelung. Ich wurde übrigens geweckt von dem aggressiven Gekreische einer motorbetriebenen Handschneefräse. Magda kann sogar ein solch hysterisches Geräusch in ihre Träume einbauen. Und auch wenn bei der Darmspiegelung nichts herauskommen sollte, also einmal angenommen, der Arzt findet nichts, das wäre doch eine fast unerträgliche Unsicherheit. Der Arzt kann ja auch etwas übersehen haben. Gerade wenn er nichts findet, gerade dann ist doch die Wahrscheinlichkeit, dass er etwas übersehen hat, viel höher, als wenn er was gefunden hätte. Es bleibt jedenfalls eine große Unsicherheit. Man müsste zwar nicht gleich vom Schlimmsten ausgehen, aber man könnte es. Wie ja überhaupt unsere ganze Gesellschaft grundsätzlich sehr gerne vom Schlimmsten ausgeht. Und auch der Mensch selbst, also der einzelne Mensch für sich, der denkt sich ja selbst auch vom Defekt her. Der Schneefall hat aufgehört, der Himmel ist ohne die geringste Einschränkung blau, gleich wird die Sonne über die Berge gekrochen sein, auf der gegenüberliegenden Seite des Tals lässt sie die Berggipfel mit ihren frischen Schneekappen schon hell leuchten. Nicht einmal davon lässt sich Magda wecken. Weder Lärm noch Schönheit können ihrem Schlaf etwas anhaben. Ich geh runter zum Frühstück. Das ist in der Einladung ja inbegriffen. Wenn man die Leute schon in die Berge zwingt, dann kann man sie da nicht einfach hängen lassen. Da ist dann neben einem Abendessen auch ein Frühstück notwendig.

Der Raum weist keinerlei Spuren des gestrigen Abends auf. Nichts. Alles, als wäre nichts gewesen. Die große Tafel für meine Gesellschaft, ordentlich aufgedeckt fürs Frühstück, diesmal auch mit der richtigen Anzahl von Stühlen, so dass wenigstens dieser Konflikt schon mal ausgeschlossen werden kann, und dort drüben der kleine Tisch für die kleine, wahrscheinlich noch immer feindliche Tischgesellschaft. Vera und Pavel sitzen bereits an der großen Tafel. Sie scheinen sehr zufrieden mit sich zu sein. Draußen erreicht die Sonne das

Haus, der Schnee der Nacht tropft vom Dach und bildet Eiszapfen. Wie die Sonne sie zum Glitzern bringt, herrlich. Und wie sie mich daran erinnern, dass das Gedächtnis nachlässt. Eiszapfen, da war doch was, Eiszapfen. Wie hieß der Film noch gleich? Die ideale Mordwaffe, so ein Eiszapfen, verschwindet einfach. War das in einem »Columbo«? Nein, das war, glaube ich, ein Eisblock, mit dem einer erschlagen wurde. Auch nicht schlecht. Bruce Willis, der zweite Teil von »Stirb langsam«, ein Eiszapfen ins Auge, aber das ist es nicht. Was ich meine, ist ein Film, in dem der Eiszapfen geplant als ideales Werkzeug für den perfekten Mord eingesetzt wird. Egal, ich komm nicht drauf. Frühstück.

Hier wird das Frühstück natürlich nicht nach Art dieser typisch hoteligen Frühstücksbuffets offeriert, schon aus Platzmangel nicht, aber auch aus stilistischen Gründen nicht. Hier wird das Frühstück noch vollumfänglich serviert. Übrigens von ebendem Kellner, der gestern Abend noch bis tief in die Nacht mit den interessantesten Geschichten des Hauses zu Diensten war. Heute Morgen, als wäre nichts geschehen, ist er schon wieder ganz und gar Kellner und serviert uns in tadelloser Haltung das Frühstück. Nach meinem ersten Kaffee füllt sich der Tisch der Reihe nach. Wobei die Reihenfolge präzise den Erwartungen entspricht. Als

Letzter kommt, wie nicht anders zu erwarten war, Sam. Natürlich, und auch das erwartungsgemäß, nur ganz kurz bevor das Frühstücksangebot geschlossen wird. Und danach kommt dann noch Marie. Aber obwohl es eigentlich schon zu spät für ein Frühstück ist, bekommt sie dennoch gnädigerweise ein opulentes, ganz nach Wahl, vorgesetzt. Sie kann sich das leisten.

Der Tisch der kleinen Tischgesellschaft dort drüben bleibt leer. Verwaist. Hübsch gedeckt, als freundliche Begrüßung des Tages – aber keiner kommt. Ein hergerichteter Tisch für zwei Personen plus Kindergedeck, die Kerze brennt langsam herunter, man will hier offensichtlich auch schon am Morgen für die Gäste winterlich anheimelnde Stimmung erzeugen, und all die Mühe ins Nichts hinein. Niemand kommt, um sich an diesen Tisch zu setzen.

Ich bin ja kein großer Freund des Frühstücks. Es stellt einen doch, gerade wenn es in Gesellschaft eingenommen werden soll, schon am frühen Morgen vor große Herausforderungen. Noch bevor sich eine Möglichkeit ergeben konnte, sich im Tag zurechtzufinden, ist man schon gefordert, man wird beurteilt, und die kleinsten Harmlosigkeiten tragen das Potential in sich, als Charakterzüge interpretiert zu werden. Bei einem Frühstück in Gesellschaft sitzt man nicht etwa vor seinem Frühstücksei, man sitzt vor einer Jury. Und wenn die Kommentare auch noch so schweigend sind, ich kann sie hören: Aha, der köpft sein Ei, ist ja interessant ... Viel zu viel Marmelade ... Wie isst denn der seinen Jogurt? Also, das geht ja gar nicht ... So viel Salz ist ungesund ... So viel Zucker ist ungesund ... Also die Italiener trinken ihren Kaffee aber ganz anders ... Nein, so ein Frühstück ist kein Pläsier, das ist mehr ein Spießrutenlauf. Ich versuche daher, das Frühstück auf des Notwendigste zu reduzieren, was mir natürlich prompt die Bemerkung, besser gesagt, die Beurteilung einträgt: Du frühstückst wohl nicht gern. Ansonsten ist der kleine Maximilian wieder enorm ausgeschlafen. Aber Johann entschärft freundlicherweise die Lage und nimmt ihn mit hinaus, während so einer Morgenzigarette kann sich der Kleine mal für ein paar Minuten im Schnee austoben. Der Tisch dort drüben, der bleibt leer.

Das Aufregendste an dem Frühstück ist Maries präzise Vorstellung von einem Tee. Zumal von einem Tee zum Frühstück. Es handelt sich dabei um eine Mischung verschiedener Unverträglichkeiten, dazu erst kürzlich gelesene Erkenntnisse und schlichte Gewohnheiten, und sie kann, wenn sie, wie gesagt, präzise eingehalten wird, ihr den Tag retten. Oder eben auch nicht. Wie heute zum Beispiel. Zunächst mangelt es an Salbei, dann mangelt es an akzeptablen Alternativen, und zuletzt mangelt es an gutem Willen, so dass Marie dann schließlich einen Kaffee nimmt. Einer individuellen Vorstellung, zumal wenn sie sehr präzise ist, sind im öffentlichen Raum doch relativ enge Grenzen gesetzt. Aber immerhin lässt sich Maries Vorstellung von einem Tee zum Frühstück dazu nutzen, schon in der Früh ein bisschen Disput zu wagen, dabei aber vor allem umfassendes Verständnis zu zeigen und so der Gruppe inneren Halt und gleichzeitig eine gewisse gesellschaftliche Verortung beziehungsweise Ausrichtung zu geben. So kann man sagen. Ansonsten bleibt das Frühstück unspektakulär, mehr ist, im Moment jedenfalls, nicht zu erwarten. Wahrscheinlich auch deshalb, weil der kleine Tisch dort drüben, der so hübsch für die kleine und feindliche Tischgesellschaft gedeckt ist, leer bleibt. Er bleibt zwar leer, unbenutzt, aber gleichwohl eine Drohung. Von Judith weiß ich zuverlässig, dass sie es bedauert, nur mit einer Drohung, wenn auch hübsch zurechtgemacht, konfrontiert zu sein, sie hätte die tatsächliche Konfrontation vorgezogen. Ich selbst bin eher auf der ängstlichen Seite zu finden und daher für jede Minute dankbar, die dieser Tisch dort drüben nicht genutzt wird. Und dann geht die Tür auf. Ich schaue fast panisch hinüber zur Tür. Judith hingegen, ich kann's im Augenwinkel sehen, entsprechend hoffnungsvoll. Aber es ist Johann mit dem kleinen Maximilian. Und auch der Kellner hat neugierig zur Tür geschaut, jetzt räumt er den Tisch, also den kleinen dort drüben, ab. Ich bin erleichtert, Judith enttäuscht. Das war's. Auch wenn ich keine Erfahrung mit Einladungen habe, so ist doch klar, dass diese langsam, aber sicher ihrem Ende entgegensteuert. Die Gespräche dümpeln im Belanglosen, jetzt will niemand mehr etwas riskieren, nehme ich an. Man will ja hinterher sagen können, es war nett. Das ist man sich schon allein wegen der langen und mühsamen Anreise schuldig.

Während die einen schon langsam ungeduldig werden, also langsam endlich wieder in das eigene Leben zurückwollen, haben andere den Hang, die Sache auszudehnen, kommen sogar mit dem Vorschlag, doch noch einen Spaziergang zu unternehmen, durch den jungfräulichen Schnee unter blitzblauem Himmel … Ich persönlich bin auf der Seite der Ungeduldigen. Insbesondere Vera ist anzumerken, dass sie jetzt gerne die Sache beendet wissen will, was sie, noch vorsichtig, mit der etwas üblichen Begründung »zu Hause wartet noch viel Arbeit« untermauert. Pavel springt ihr bei, mit etwas zwingender klingenden Gründen: »Die Mutter ist ganz allein zu Hause, sie wartet sicher schon.« Und schließlich werden Gründe herangezogen, die als höhere Gewalt gelten dürfen: »Sie hat es ein bisschen mit dem Magen.« War das Herkommen schon mühsam und anstrengend genug, so ist das Wegkommen noch weit schwieriger.

Und dann kommt der Kellner mit einer größeren Plastiktüte. Beinahe wäre der Aufbruch geglückt, wird dann aber jäh vom Kellner mit dieser Plastiktüte unterbrochen. Es ist durchaus bemerkenswert, wie meine ganze wochenlange, ja sogar monatelange innere Beschäftigung mit dieser Einladung geradezu überflüssig erscheint angesichts des Kellners. Ich muss gestehen, dass ich nicht eine Sekunde über Funktion und Einfluss eines Kellners nachgedacht habe, nicht einen Gedanken habe ich auch nur der Möglichkeit eines solchen Einflusses gewidmet, und dann erweist er sich als nichts weniger als der Regisseur dieser Einladung. Die Plastiktüte war für die Geschenke. Zum Abtransportieren der Geschenke. Es wurden gestern natürlich Geschenke mitgebracht und überreicht. Obwohl ich ausdrücklich darauf hingewiesen habe, dass Geschenke nicht nur nicht nötig sind, sondern tatsächlich unnötig, wurden dennoch Geschenke mitgebracht. Es ist natürlich ein Irrglaube, dass bei einer Geburtstagseinladung jemand auf Geschenke verzichten würde. Lieber quält man sich tagelang, wochenlang mit der Frage: »Was soll ich nur schenken??«, als es einfach bleiben zu lassen. Im Trubel der Ereignisse wurden die Geschenke gestern dann zwar überreicht, aber noch nicht geöffnet, sie blieben einfach ungewürdigt auf dem extra herbeigeschafften Tischchen, dem Gabentisch, liegen. Durch einige Unvorgesehenheiten hat sich am gestrigen Abend einfach nicht der richtige Rahmen für eine Würdigung der Geschenke ergeben. So blieben sie eben dort liegen. Auch ein Frühstück ist irgendwie reichlich profan für die Würdigung von Geschenken. Manch einer wird sich Mühe gegeben haben, obwohl ich ausdrücklich darum gebeten habe, sich keine Mühe zu geben, und ausgerechnet jetzt, jetzt, wo sich alle in ihre Mäntel und Jacken verabschieden wollen, kommt der Kellner mit dieser praktischen und hilfreichen Plastiktüte. Es ist ja auch das gute Recht des Schenkenden, dass sein Geschenk von dem Beschenkten ordentlich gewürdigt wird. Das gehört sich so. Ein geübter Einladender hätte wahrscheinlich selbst den Zeitpunkt bestimmt, der den im Lichte eines Geburtstages dargebotenen Geschenken den entsprechenden Umgang zukommen lässt. Dabei kommt es vor allem darauf an, dass jedes Geschenk eine ganz besondere und sehr spezifische

Erfreuung auslösen sollte. Die jeweilige Freude darf sich einerseits nicht zu sehr von der vorherigen und der folgenden Freude unterscheiden, damit keine Hierarchie innerhalb der Geschenke entsteht, muss aber andererseits sehr spezifisch sein, schließlich handelt es sich ja um ein in jedem Fall ausgesuchtes Geschenk. Überhaupt erzählen Geschenke immer auch noch eine ganz andere Geschichte. Der originalverpackte Bestseller zum Beispiel. Auf der Herfahrt noch schnell in der Bahnhofsbuchhandlung vom erstbesten Bestseller-Stapel genommen, der wird auch noch Jahre später originalverpackt bei mir im Regal stehen. Aber über diesen irgendwo im Vorbeigehen noch schnell aufgelesenen Bestseller, den ich wohl nie lesen werde, habe ich mich doch gefreut. Denn das war das einzige Geschenk, das am nächsten an meiner dringend ausgesprochenen Bitte: »Bitte keine Geschenke« dran war. Dieses Geschenk wäre beinahe ausgeblieben. Das konnte man von den anderen Geschenken nicht sagen. Es waren sogar persönliche dabei, was immer sehr riskant ist. Zumal unter Freunden. Gestern Abend hätte ich das wahrscheinlich noch etwas eleganter über die Bühne gebracht, aber als ungeübter Einladender, der ich nun mal bin, habe ich den Zeitpunkt verpasst und die Dramaturgie der Einladung, ohne Wissen und Absicht, wie ich betonen möchte, in die Hand des Kellners gegeben. Mit der Plastiktüte in der Hand wird nun Geschenk für Geschenk ausgepackt. Und gewürdigt. Eine Herausforderung, wo alle schon mehr oder weniger in ihren Mänteln stecken. Bücher, CDs, Socken, Brauchbares, Nützliches, Hübsches … Natürlich jeweils mit Kommentaren. Einige mit Erklärungen. Manche mit nach Entschuldigung klingenden Glückwünschen. Alle Geschenke hatten selbstverständlich Glückwünsche im Gepäck, das versteht sich. Und ein Notizbuch. Von Helene.

Ein Notizbuch! Als müsste ich mir Notizen machen. Ich arbeite für eine Zeitung mit einem eher gründelnden Anspruch. Was soll ich mir da notieren? Obendrein ist mein Themenfeld auf das beschränkt, was vom Jetzt zum Jetzt hüpft. Gesellschaftliches. Ich brauche keine Notizen. Notizen sind für mich sogar hinderlich. Kontraproduktiv. Aber Helene meinte es gut. Wie gesagt, ein Geschenk erzählt immer auch noch mal eine ganz andere Geschichte. In dem Fall, dass ich mal was vorhatte mit mir. Was ich vor vielen Jahre einmal mit mir vorhatte, damals, als ich die kennenlernte, die heute meine Vergangenheit sind, das hätte in der Tat eines Notizbuches bedurft.

– Na, wie findest du es?

– Also, äh, ich äh …

– Es hätte es auch noch in Grau gegeben.

– Nein nein, schwarz ist okay.

– Ich fand schwarz besser. Wegen deines schwarzen Humors.

Jetzt bräuchte ich tatsächlich etwas Humor, egal welcher Farbe. Jetzt möchte ich mein Lächeln nicht von außen sehen. Insbesondere die gut gemeinten Geschenke haben ja das Zeug dazu, alte Wunden wieder aufzureißen, längst überwunden Geglaubtes wieder in alter Frische schmerzen zu lassen, die mühsam errichtete Fassade der Zufriedenheit mit seinem Leben einfach in sich zusammenstürzen zu lassen. Ein Notizbuch. Ein schwarzes Notizbuch, das es auch noch in Grau gegeben hätte. Ein Notizbuch, das jede flüchtig hineinnotierte Notiz zur Bedeutung adelt. So habe ich mich damals, als mich meine Vergangenheit kennenlernte, gefühlt. Heute versuche ich die bedeutungslose Lächerlichkeit von anderen möglichst breit in den Spalten meiner in jeder Hinsicht billigen Zeitung unterzubringen. Ich bin übrigens genau der richtige Mann für das Geschäft. Ich habe den erforderlichen neidvollen Blick, weil nahezu jeder dahergelaufene Sonstwas es zu was gebracht hat und ich auch noch der Steigbügelhalter für seine Popularität bin, mit meinem Vermögen, aus jedem Zigarettenstummel, aus jedem abgerissenen Knopf, aus jeder verrutschten

Locke den gewünschten Skandal zu machen. Dafür brauche ich kein Notizbuch, dafür genügt schlechte Laune. Das hier ist ein Notizbuch von Gewicht. Es wird mir die Tasche ausbeulen.

Nackt würde ich sagen. Jedenfalls habe ich mich noch nie nackter gefühlt. Ja, nackt ist das richtige Bild. Entblößt. Das hätte ich mir zum Frühstück nicht erwartet, dass ich so persönlich noch einmal zu spüren bekomme, was der Unterschied ist zwischen der gestalteten, gestylten, gestrafften und allgegenwärtigen Nacktheit unserer Zeit und der wahren Nacktheit. Die Diskrepanz ist von einer geradezu lächerlichen Unüberbrückbarkeit. Sogar dermaßen absurd, dass ich doch noch ein Zipfelchen des mir zugeschriebenen Humors erhaschen kann, meine Gesichtszüge langsam wieder in den Griff bekomme und das schwarze, nicht etwa graue Notizbuch bei den anderen Geschenken mit angemessenem Dank in der vom Kellner für die Geschenke herbeigeschafften Plastiktüte verstaue. Zeit, aufzubrechen.

In der Nacht hat es ordentlich Schnee hingelegt. Alles erstrahlt in einem solchen Postkartenidyll, dass auch schon der Versuch einer Beschreibung strafbar anmutet. Die Straße hinunter ins Tal ist bereits seit den frühen Morgenstunden geräumt, und auch der Parkplatz wurde vorhin mit einer motorbetriebenen

Handschneefräse wieder benutzbar gemacht. Der Siebensitzer trägt eine dicke Schneehaube, ist aber ob seiner Größe von den anderen schneebehaubten Autos gut zu unterscheiden. Noch drei weitere Autos schlummern unter ihrem Schneemantel. Johanns, Pavels, und eines gehört zum Haus. Vielleicht dem Kellner. Und ein Parkplatz, der noch die Nacht über belegt war, ist schon verlassen. Die Spuren sind gut zu erkennen. Wahrscheinlich der Nebentisch. Auf das Frühstück wurde ja dort verzichtet. Die müssen aufgebrochen sein, kaum dass die Straße hier herauf wieder einigermaßen befahrbar war. Für Maximilian ist es nur anfangs ein Vergnügen, die Autos vom Schnee frei zu räumen. Kaum macht es allen andern Spaß, hat er schon kalte Finger. Das verhindert die Schneeballschlacht. Ohne Maximilians Intervention hätte sich beinahe eine solche entwickelt, und es wäre allenthalben als ein würdiger Abschluss dieser Einladung empfunden worden. So aber ist alles relativ schnell verstaut, und Pavel und Vera wagen sich als Erste auf die frischgeräumte Bergstraße. Als Zweite, um genau zu sein, der Nebentisch war ja schon unterwegs. Dann springt Johanns Auto nicht an. Es ist mir ein nicht genauer zu beschreibendes Amüsement, wie sich das Auto wieder als Thema in das Geschehen einbringt, man kann auch sagen hineinreklamiert, und dabei sogar Maximilians Gestaltungswillen bricht.

– Was hat er?

– Keine Ahnung.

– Versuchs noch mal.

Johann versucht es ein weiteres Mal, die Batterie ist aber schon so schwach, dass sich im Motorraum kaum noch etwas rührt.

– Was machen wir jetzt?

– Hat jemand ein Überbrückungskabel dabei?

– Wer ein Auto hat, der hat den Schaden.

– Lass das jetzt. Das ist nicht hilfreich.

– Soll ich beim ÖAMTC anrufen?

– Hab ich schon versucht.

– Man muss das Auto vom Schaden her denken. Hier, ich hab ein Kabel.

– Das hilft nichts. Das müssen zwei sein.

– Ich kann ja mal den Kellner fragen, die haben hier sicher so was.

– Vielleicht finde ich noch das zweite Kabel. Anna, das ist doch dein Auto, wo hast du das zweite Kabel?

– Du hast damit neulich die Blumenkästen fixiert.

– Was für Blumenkästen?

– Weiß ich doch nicht. Du hast gesagt, du hättest damit Blumenkästen fixiert.

Ich habe dann auch den Siebensitzer noch einmal komplett ausgeräumt, das ganze mühsam verstaute Gepäck wieder raus, hätte ja sein können, dass in einem Mietwagen so ein Starterkabel obligatorisch ist.

– Pass doch ein bisschen auf.

– Ihr habt aber auch Koffer, als hättet ihr eine Weltreise machen wollen.

– Ist noch lange kein Grund, die Koffer einfach in den Matsch zu werfen.

– Sei froh, dass wir überhaupt gekommen sind.

– Stell die Koffer doch wenigstens hierhin, da ist der Schnee fest.

– Hilf mir mal.

– …

Die Sache dauert etwas länger, so dass Maximilian aus seinem Kindersitz befreit werden muss. Am ehesten lässt sich die Situation damit beschreiben, dass Maximilian sozusagen wieder auf freiem Fuß ist und im Mietwagen kein Starterkabel gefunden wird.

– Hast du überhaupt noch Benzin drin?

– Sehr witzig.

– Ich frag ja nur.

– Man hat sich so daran gewöhnt, dass alles immer funktioniert, dass man nicht mal mehr die einfachsten Dinge dabeihat.

– Das ist genau, was ich meine.

– Im Moment brauchen wir nicht deine Meinung, wir brauchen eine Lösung.

In unerwarteten, oder sagen wir besser, herausfordernden Situationen kristallisieren sich schnell die spezifischen Charakterzüge heraus und bilden richtige Muster in so einem aufgeregten Haufen. Da gibt es dann den Überlegten und die Panische, den Ratlosen und die Anklage, den Scherzbold gibt es auch immer und natürlich die Fachleute. Rita, die sich nicht für Autos interessiert, gehört eindeutig zu den Fachleuten.

– Das ist der Keilriemen.

Die Aussage wird nicht mit Respekt und Ernsthaftigkeit aufgenommen. Zumal sie nicht einmal einen Blick auf das Auto geworfen hat, geschweige denn unter die Motorhaube. Nur Konrad wird ob der solcherart sicheren Behauptung neugierig.

– Woher willst du das wissen?

– Es liegt immer am Keilriemen.

– Hat der überhaupt noch einen Keilriemen?

– Wir können ihn ja anschieben.

– Ist ein Diesel.

– Und den kann man nicht anschieben?

– Es ist jedenfalls nicht die beste von den möglichen Ideen.

– Wenn du dich früher schon mal für Autos interessiert hättest, dann wüsstest du das.

– Dein Wissen von früher hilft dir heute auch nichts.

– Lass es doch runterrollen.

– Das würde ich nicht tun.

– Wieso nicht? Es geht doch eh nur abwärts.

– Wenn heute bei einem Auto der Motor nicht geht, dann geht da gar nichts mehr. Die Lenkung nicht, die Bremsen nicht, nichts.

– So neu ist er auch wieder nicht.

– Aber neu genug. So ein Auto heute hat nichts mehr mit einem Auto zu tun, das ist nur noch eine Spielekonsole.

– …

An der Stelle wäre alles beinahe noch einmal ins Allgemeine gekippt. Ich habe nämlich vor einiger Zeit eine Dokumentation über die Vernetzung unserer Welt gesehen, da hat beispielsweise ein Computerfreak während der Fahrt, auf dem Beifahrersitz mitfahrend, das Auto, in dem er mitfahrend gesessen ist, gehackt. Er hat sich in den Bordcomputer eingehackt und hat dann das Auto vom Beifahrersitz aus mit seinem Computer bedient. Er hat gelenkt, hat Gas gegeben, gebremst, es gibt in den Autos heute keine direkte mechanische Verbindung mehr zwischen Lenkrad und Vorderachse, zwischen

Gaspedal und Vergaser, zwischen Bremse und Bremsen. So ist die Welt. Es ist alles miteinander verbunden, aber es gibt keine Verbindung mehr. Wie gesagt, beinahe wäre alles noch einmal ins Allgemeine gekippt. Das Ferngesteuerte hat natürlich auch Vorteile. Als ich den Siebensitzer gestern Morgen aus der Garage abholen wollte, da hab ich ihn nicht gleich auf seinem Platz vorgefunden und habe daher bei der Zentrale des Carsharingunternehmens angerufen, die sollten mir sagen, ob sie wissen, wo das Auto steht. Die freundliche Person in der Zentrale konnte auf ihrem Computer sehen, dass der Siebensitzer sehr wohl in der Garage steht, nur um die Ecke herum, so dass ich ihn nicht gleich sehen konnte. Sie fragte mich also: »Soll ich mal hupen?«, und dann hat sie von der Zentrale aus mit dem Auto gehupt. Das ist vielleicht etwas unheimlich, aber auch sehr praktisch.

Aber bevor die Situation ins Allgemeine kippen konnte, stand plötzlich Maximilian vor seinem Vater, mit dem Rucksack auf dem Rücken und der Mütze auf dem Kopf. Er hat sich, von allen vollkommen unbemerkt, was sehr bemerkenswert ist, für den Abstieg präpariert. Das ist, und das muss man ganz ohne Einschränkung feststellen, der beste aller bisher geleisteten Diskussionsbeiträge. Kinder werden vor allem unterschätzt.

Inzwischen hat drinnen die junge Servierkraft ihre Runde durch die zum Teil noch original erhaltenen Gästezimmer begonnen und dabei einen Pullover gefunden. Draußen auf dem Parkplatz stehen noch alle beisammen, fast alle, denn Pavel und Vera sind wahrscheinlich schon unten auf der Hauptstraße angekommen, und bemühen sich, mit der unerwarteten Situation umzugehen. Die Servierkraft, der oberste Knopf ist längst wieder ordentlich geschlossen, wirft sich eine Jacke über und stapft mit dem gefundenen Pullover in der Hand zu uns auf den Parkplatz.

– Zimmer Nummer 12?

Niemand reagiert. Also wiederholt sie sich und zeigt dabei den Pullover deutlicher.

– Ich habe diesen Pullover auf Zimmer Nummer 12 gefunden. Wer von Ihnen hatte Zimmer Nummer 12?

Nummer 12 ist das Zimmer über der Raucherecke. Nummer 12 war das Zimmer der feindlichen Tischgesellschaft, und die ist längst abgereist. Die ist nicht einmal zum Frühstück erschienen. Allerdings kann Johann nicht leugnen, dass es sein Pullover ist. Der Pullover ist nicht nur sehr extravagant, der Pullover ist außerdem ein Geschenk. Marie hat ihn ihm geschenkt.

Unerwartet. Sehr unerwartet. Gestern Abend hätte man noch mit so etwas rechnen können. Gestern Abend wären ja alle möglichen Wendungen möglich gewesen. Jetzt eigentlich nicht mehr. Hat man gehofft. Jetzt schien die Situation überstanden. Und ausgerechnet jetzt wird Johann mit nichts weniger als seinem Pullover konfrontiert. Dem Geschenk von Marie. Gefunden in Zimmer Nummer 12. Dem Zimmer seiner ehemaligen Affäre. Eine ebenso unerwartete wie eindeutige Situation. Muster bilden sich heraus, da gibt es die mit der Übersicht, dann den Panischen, den Klärenden, die Anklage, natürlich den Scherzbold und die Fachleute. Aber alle bleiben, wie nicht anders zu erwarten, hilflos. Und mittendrin steht Maximilian mit seinem Rucksack.

– Nein, wir gehen jetzt nicht zu Fuß ins Tal. Es liegt viel zu viel Schnee.

– Arrête. Es ist nischt seine Schuld, dass man disch erwischt hat.

– Möchtest du vielleicht durch den Schnee stapfen?

– Was meint sie mit erwischt?

– Du kapierst aber auch gar nichts.

– Sei wenigstens so freundlisch und halte misch nischt für blöd.

– Du hast doch das Auto zuletzt gehabt.

– Ja und isch wünschte, es wäre gestern schon auf der Fahrt hierher kaputtgegangen.

– Mein Gott. Ich kann nichts dafür, dass sie auch hier war. Ihr war kalt.

– Komm, Max, wir fahren. Können wir bei euch mitfahren?

– Bitte. Er heißt Maximilian.

– Wir können noch ein bisschen zusammenrücken, das geht schon.

– Im Tal finden wir sicher einen Mechaniker oder eine Tankstelle.

– Lasst mal, es ist wohl besser so.

– …

Der Siebensitzer wird wieder eingepackt, Marie und Maximilian fahren bei Arnold mit, Johann bleibt bei seinem liegengebliebenen Auto und wartet auf den Pannendienst. Noch auf der Fahrt runter nach Payerbach fasse ich den Entschluss, das Notizbuch, das hochwertige schwarze, nicht etwa graue, zu verwenden, um diese Einladung zu protokollieren. Handschriftlich. Und dann werde ich das Notizbuch Helene zurückschenken. Noch zwei Tage bis zur Darmspiegelung.

Später am Abend bekomme ich dann von Johann noch eine Nachricht, dass es übrigens tatsächlich der Keilriemen gewesen ist.

Epilog

Nachdem ich meine Vergangenheit dann am Flughafen abgeladen hatte, überkam mich so eine Sehnsucht nach einer Alltäglichkeit. Ich habe also Hans angerufen, ob er sich nicht noch mit mir unten an der Ecke, im Gasthaus »Zum Klaus«, auf ein Bier treffen möchte. Er hatte aber keine Zeit. Ich ging trotzdem zu Klaus. Dort saß Wolferl. Ein schwerer Fall von Trunksucht. Er behauptet, er sei Architekt gewesen und habe in einem international sehr namhaften Büro gearbeitet. Und obendrein würde er mehr von Musik verstehen als die meisten. Sogar mehr als die meisten Musiker. Ich bin überzeugt, dass beides stimmt. Er wird sogar ein recht guter Architekt gewesen sein, aber in einem namhaften Büro arbeitet man natürlich für den Namen des Büros und nicht für den eigenen. In seinem Beruf konnte er sich nicht durchsetzen, und mit seinem Wissen konnte er nichts anfangen.

Auch an diesem Abend war er wieder schwer betrunken. Dann hält er immer Reden. Ohne Unterlass und ohne mit jemandem zu reden, hält er Reden, redet einfach vor sich hin. Man kann kein Wort verstehen. Ein vollkommen unverständlicher Wortschwall ergießt sich in den Raum. In regelmäßigen Abständen hält er kurz inne, schaut von seinem Glas auf und bellt plötzlich klar und deutlich, wenn auch ohne jemanden im Raum direkt anzusprechen, einfach so ins Nichts hinein, bellt klar und verständlich: »Und soll ich dir sagen, was dann passiert ist? Soll ich dir sagen, was dann passiert ist!« Kunstvolle Pause, dann: »Nix is passiert!!« Ein Schluck Bier und noch einmal mit Nachdruck und Betonung: »Niiix is passiert.« Dann geht das unverständliche Gebrabbel weiter.